हिन्द पॉकेट बुक्स

छोटा राजकुमार

आंत्वान द सेंतेक्ज्युपेरी ने विश्व के साहित्य जगत में अपनी अमिट छाप छोड़ी है, खासकर बाल साहित्य में तो वे बेहद लोकप्रिय हैं। वे विमान चालन के समय कई बार हादसों से गुज़रे। एक बार तो बुरी तरह घायल होकर अस्पताल में पड़े रहे। लिखना और चित्र बनाना उनके शौक थे और हवाई जहाज़ उड़ाना उनका पेशा। एक दिन उन्होंने ऐसी उड़ान भरी कि वापिस लौट नहीं पाए। अंततः उन्हें लापता घोषित कर दिया गया।

छोटा राजकुमार

फ्रांस के अत्यधिक सम्मानित लेखक आंत्वान के उपन्यास
'द लिटिल प्रिंस' का फ्रेंच से सीधा हिन्दी में
अनुवाद उनके बनाए चित्रों सहित

आंत्वान द सेंतेक्ज़्युपेरी

हिन्द पॉकेट बुक्स
पेंगुइन रैंडम हाउस इम्प्रिंट

हिन्द पॉकेट बुक्स

यूएसए | कनाडा | यूके | आयरलैंड | ऑस्ट्रेलिया | सिंगापुर
न्यू ज़ीलैंड | भारत | दक्षिण अफ्रीका | चीन

हिन्द पॉकेट बुक्स, पेंगुइन रैंडम हाउस ग्रुप ऑफ़ कम्पनीज़ का हिस्सा है,
जिसका पता global.penguinrandomhouse.com पर मिलेगा

पेंगुइन रैंडम हाउस इंडिया प्रा. लि.,
चौथी मंजिल, कैपिटल टावर -1, एम जी रोड,
गुड़गांव 122 002, हरियाणा, भारत

पेंगुइन
रैंडम हाउस
इंडिया

प्रथम हिन्दी संस्करण हिन्द पॉकेट बुक्स द्वारा 2014 में प्रकाशित
यह हिन्दी संस्करण हिन्द पॉकेट बुक्स में पेंगुइन रैंडम हाउस द्वारा 2022 में प्रकाशित

10 9 8 7 6 5 4 3 2

इस पुस्तक में व्यक्त विचार लेखक के अपने हैं, जिनका यथासंभव
तथ्यात्मक सत्यापन किया गया है, और इस संबंध में प्रकाशक एवं
सहयोगी प्रकाशक किसी भी रूप में उत्तरदायी नहीं हैं।

ISBN 9789353492199

मुद्रकः रेप्रो इंडिया लिमिटेड

www.penguin.co.in

FSC
www.fsc.org
MIX
Paper from
responsible sources
FSC® C047271

परिचय

उनके भीतर साहस कूट-कूट कर भरा था, वह ख़तरों से खेले, ख़तरों के सहारे चले और ख़तरों से जूझते हुए इस दुनिया से बिदा हुए। उन्होंने फ्रांस को अपना शौर्य और पराक्रम तो भेंट में दिया ही, बल्कि क़लम से उपजते हुए अक्षर भी साहित्य के रूप में दे दिए। वह एक साथ साहित्यकार भी थे और चित्रकार भी।

उनका नाम था आंत्वान द सेंतेक्ज़्युपेरी, जिनकी 50वीं जयंती सन् 1994 में मनाई गई। फ्रेंच साहित्य में वह बहुत अधिक सम्मानित हैं और उनका उपन्यास 'द लिटिल प्रिंस' (छोटा राजकुमार) ऐसी रचना है, जो सदियों तक स्मरण में रहती है और महान् क्लासिक बन जाती है। सचमुच ऐसा ही हुआ। इनकी 50वीं जयंती पर फ्रांस की सरकार ने एक एयरोग्राम जारी किया, जिस पर संदर्भ के साथ एक जल-चित्र छापा गया है, जिसे लेखक ने 'द लिटिल प्रिंस' के लिए बनाया था। इसका आवरण भी आंत्वान ने ही बनाया है और अंदर के लगभग 45 जल-चित्र भी।

आंत्वान पेशे से विमान चालक थे। लेखन में उनकी रुचि थी। वह अनुभवों के कुशल चितेरे थे। उनका जन्म 29 जून, 1900 को लिओ में हुआ था। स्विट्ज़रलैंड ओर पेरिस के स्कूल ऑफ़ फ़ाइन आर्ट्स में अपनी पढ़ाई पूरी करने के बाद वह फ़ौज में भर्ती हो गए। उन्होंने वायुसेना को अपने लिए चुना और यहां दो साल लगाए। विमानन की दुनिया को आंत्वान ने कथा-वर्णन के रूप में सन् 1925 में एक सृजनात्मक उपहार दिया।

सन् 1926 में वह एक विमानन कम्पनी में पायलट बन गए। इस समय में उन्होंने 'सदर्न मेल' (1929) लिखा। इसकी खूब धूम मची। ऐसा सुंदर लेखन था, जो फ्रेंच साहित्य की नवल-कथा (नई कहानी) के समकक्ष था। फिर सन् 1931 में एक और कृति आ गई। नाम था 'नाइट फ़्लाइट'। इसे सभी ने सराहा और श्रेष्ठ साहित्य की मान्यता दी।

...और फिर आया 1938 का वह दुखदायी साल, जिसमें वह भयानक रूप से ज़ख़्मी हो गए। न्यूयार्क में हुई थी वह हवाई दुर्घटना, जिसने उन्हें बिस्तर पर डाल दिया। लम्बे समय तक पड़े-पड़े आदमी क्या करे ? लिखने वाला, तो लिखेगा ही। सो आंत्वान ने इस दौरान भी लिखा। किताब का नाम था 'विंड, सेंड एण्ड स्टार'। इसका प्रकाशन सन् 1939 में हुआ।

..दूसरे विश्व युद्ध के दौरान में भी वह चैन से नहीं बैठे। फ़ौजी आदमी को तो युद्ध खींचता ही है; और फिर जिस युद्ध का उद्देश्य फ़ासिस्ट व तानाशाही ताक़तों को हराना है, तो मन से सच्चा कलाकार इस अच्छे काम में अपनी भूमिका क्यों नहीं निभाएगा। अतः वह मुक्ति सेना में चले गए।

आंत्वान की अन्य रचनाएं हैं 'फ़्लाइट टू आरास', 'लेटर टू ए होस्टेज' और 'द लिटिल प्रिंस'। इनमें द लिटिल प्रिंस का साहित्य में अद्वितीय स्थान है। लेखक ने फ़ंतासी के माध्यम से अद्भुत परिलोक-कथा का निर्माण किया है। इसका विचार पक्ष दार्शनिक चिंतन जैसा है, पर गूढ़ नहीं है। आसान है। समझ में जल्दी आता है। इसकी कहानी भी रोचक है, बांधे ले चलती है, लेकिन यह फ़ंतासी बड़ों के लिए अधिक गंभीर

और तर्कपूर्ण है। 'द लिटिल प्रिंस' में कल्पना ने ज़बरदस्त उड़ानें भरी हैं, पर सब कुछ यथार्थ है, संगत है और सच्ची बात इसमें ख़ूबसूरत ढंग से चली आई है।

31 जुलाई, 1944 में आंत्वान ने अपने विमान से उड़ान भरी, कभी वापिस नहीं लोटने के लिए और उनके बारे में घोषित कर दिया गया– 'अभियान में लापता'।

❑

एक प्रौढ़ व्यक्ति को यह पुस्तक समर्पित करने के लिए
मैं बच्चों से क्षमा चाहता हूं।
इसका मेरे पास एक ज़ोरदार बहाना है : यह प्रौढ़ व्यक्ति
संसार-भर में मेरा सबसे अच्छा मित्र है।
मेरे पास एक और बहाना है : यह प्रौढ़ व्यक्ति
सबकुछ समझ सकता है, बच्चों के लिए लिखी
पुस्तकें तक भी। मेरे पास एक तीसरा बहाना है :
यह प्रौढ़ व्यक्ति फ़्रांस में रहता है, फिर भी
वह भूख से और ठंड से सताया हुआ है।
उसे ज़रूरत है कि कोई उसे तसल्ली दे सके। यदि ये
सब बहाने काफ़ी नहीं, तो फिर मैं यह पुस्तक उस बच्चे को
समर्पित करता हूं, जिस रूप में प्रौढ़ व्यक्ति किसी समय था।
सारे प्रौढ़ व्यक्ति शुरू में बच्चे ही तो थे, परन्तु उनमें से
थोड़े से ही इस बात को याद रखते हैं।
इसलिए मैं अपने समर्पण को सुधार देता हूं :

लेओं वर्थ के लिए

जब वह छोटा लड़का था

एक

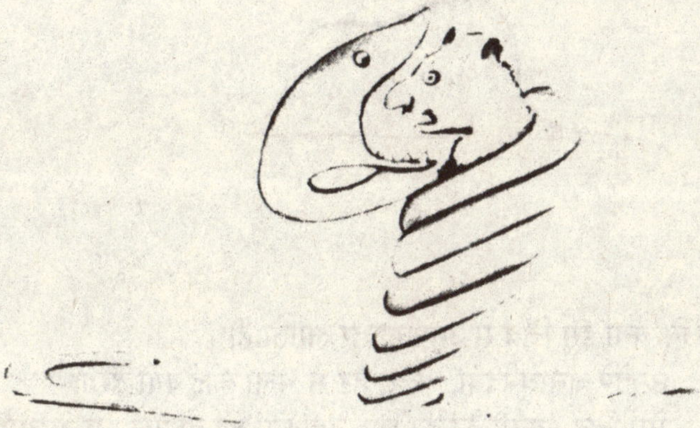

जब मैं छः बरस का था, तो एक बार बियाबान जंगल पर लिखी हुई एक पुस्तक में मैंने एक अनोखा चित्र देखा। इस पुस्तक का नाम था 'आप बीतियाँ'। यह एक ऐसे अजगर का चित्र था, जो एक जंगली जानवर को निगल रहा था। उस चित्र की नक़ल ऊपर दी हुई है।

पुस्तक में लिखा था—अजगर अपने शिकार को समूचा निगल

लेते हैं, उसको चबाते तक नहीं। इसके बाद वह बिल्कुल हिलडुल नहीं सकते और उसको पचाने के लिए छ: महीने तक सोए रहते हैं।

तब से मैंने जंगलों के जीवन के बारे में बहुत सोचा-विचारा है। यहाँ तक कि एक बार रंगीन पेंसिल लेकर मैं एक चित्र बनाने में भी सफल हुआ। मेरा यह पहला चित्र था। वह ऐसे था–

मैंने अपनी यह कलाकृति बड़े लोगों को दिखाई। और मैंने उनसे

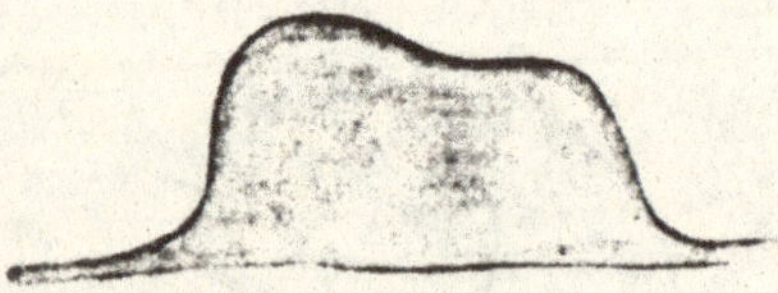

पूछा कि क्या इस चित्र से आपको डर लगता है।

उन्होंने जवाब दिया, "अरे, हैट से भला कोई क्यों डरेगा ?"

मेरा चित्र, किसी हैट का चित्र नहीं था। वह तो एक ऐसे अजगर का चित्र था, जो एक हाथी को हज़म करने में लगा था। इसके बाद मैंने अजगर के भीतरी भाग का चित्र बनाया, जिससे बड़े लोग उसे ठीक से समझ सकें। उन्हें हर समय हर चीज़ की सफ़ाई देनी होती है न। मेरा दूसरा चित्र इस प्रकार का था–

इन लोगों ने मुझे सलाह दी कि मैं खुले हुए या बंद अजगरों के चित्र न बनाऊँ, बल्कि भूगोल, इतिहास, गणित अथवा व्याकरण में रुचि लूँ। इस प्रकार छः बरस की उमर में मैंने चित्रकार के बहुत

बढ़िया रोज़गार को छोड़ दिया। अपने पहले नम्बर और दूसरे नम्बर चित्रों की असफलता से मैं हतोत्साहित हो गया। प्रौढ़ लोग अपने आप कुछ भी नहीं समझते, और उनके आगे हमेशा-हमेशा व्याख्या करना बच्चों के लिए बड़ा कठिन होता है।

इस प्रकार मुझे एक दूसरा ही धंधा चुनना पड़ा और मैंने वायुयान चलाना सीखा। मैं अब तक दुनिया के लगभग सभी कोनों में उड़ चुका हूँ। वास्तव में भूगोल मेरे बहुत काम आया। एक निगाह में ही, मैं आरीज़ोना और चीन में भेद कर सका। यदि रात में कहीं कोई खो जाए, तो भूगोल बहुत काम आता है।

इस प्रकार अपनी ज़िंदगी के दौरान बहुत से समझदार लोगों से मेरा सम्पर्क बना और प्रौढ़ लोगों के बीच मेरा जीवन बीता। मैंने उन्हें बहुत पास से भी देखा है, पर इससे उनके बारे में मेरा विचार कुछ सुधरा नहीं।

जब कभी मैं ऐसे व्यक्ति से मिलता था, जो मुझे कुछ बुद्धिमान दिखाई देता, तो में अपने पहले चित्र को लेकर, जिसे मैंने हमेशा सँभाल कर रखा है, उस व्यक्ति की आज़माइश करता था। मैं यह जानना चाहता था कि क्या वह वास्तव में समझदार है ? पर मुझे हमेशा यही जवाब मिलता, "यह एक हैट है।" फिर मैं उससे न तो अजगरों की बात करता, न घने जंगलों की, न तारों की। मैं उस तक पहुँचने की कोशिश करता और फिर उससे 'ब्रिज' या 'गोल्फ' या राजनीति या नई टाइयों की बातें करता। तब उस प्रौढ़ व्यक्ति को मुझ जैसे समझदार आदमी की जान-पहचान होने पर बहुत खुशी होती।

दो

इस तरह किसी भी ऐसे व्यक्ति के अभाव में, जिसके साथ सचमुच दिल की बात की जा सकती, मैं उस दिन तक अकेला ही रहा जब तक कि 'सहारा' के रेगिस्तान में मेरा हवाई जहाज़ खराबी के कारण रुक न गया। इस बात को छः साल हुए। मेरी मोटर में कोई चीज़ टूट गई थी। मेरे साथ न मैकेनिक था, न ही कोई सवारी। मैंने अकेले ही मरम्मत के मुश्किल काम में सफल होने की ठान ली। मेरे लिए यह जीने-मरने का प्रश्न था। मेरे पास मुश्किल से आठ दिन के लिए पीने का पानी था।

पहली रात। किसी भी बस्ती से हज़ारों मील की दूरी। मैं वहाँ बालू पर ही सो गया और मुझे उस व्यक्ति से भी अधिक अकेलापन महसूस हुआ, जो डूबने से बचकर समुद्र के बीच लकड़ी के फट्टों का सहारा लेता है। जब सुबह होने पर एक अजीब-सी हल्की आवाज़ ने मुझे जगाया, तो कितना आश्चर्य हुआ, इसकी कल्पना ही की जा सकती है। उसने कहा–

"मेहरबानी करके...मेरे लिए एक मेमने का चित्र बना दो।"

"क्या कहा?"

"एक मेमने का चित्र बना दो न !"

चौंककर मैं अपने पैरों पर खड़ा हो गया मानो मुझ पर बिजली गिरी हो। मैंने अच्छी तरह अपनी आँखें मलीं और चारों तरफ ध्यान से देखा मैंने पाया कि एक बिल्कुल अनोखा बालक मुझे बड़े ग़ौर से

देख रहा था। यह उसका सबसे अच्छा चित्र है, जो बहुत दिनों बाद मैं बना सका, पर निश्चय ही मेरा चित्र मॉडल की तुलना में–बहुत ही कम आकर्षक है और इसमें मेरा कोई दोष नहीं। छः वर्ष की आयु में ही प्रौढ़ लोगों ने मुझे चित्रकार का रोज़गार अपनाने से हतोत्साहित जो किया था। जिसके कारण बंद और खुले अजगरों को छोड़कर किसी और चीज़ के चित्र बनाना मैंने सीखा ही नहीं था।

मैं इस आविर्भाव को आश्चर्य भरी निगाह से एकटक देखता रहा ! यहाँ यह नहीं भूलना चाहिए कि मैं किसी भी बस्ती से हज़ारों मील की दूरी पर था। उधर यह छोटा-सा बालक न तो मुझे खोया हुआ ही लगता था, न थकान से चूर, न भूख का मारा, न प्यास से सताया, न डर से सूखा। वह ऐसा बच्चा ही नहीं लगता था, जो किसी भी बस्ती से हज़ारों मील की दूरी पर रेगिस्तान के बीच खो गया हो। आख़िर जब मैं उससे बात करने में सफल हुआ तो मैंने कहा–

"अरे ! तुम यहाँ क्या कर रहे हो ?"

और उसने मुझसे एक बार फिर कहा, बहुत ही धीमे से, मानो कोई बहुत ही गम्भीर हे बात हो–

"मेहरबानी करके...मेरे लिए एक मेमने का चित्र बना दो..."

जब रहस्य समझ से बिल्कुल बाहर होता है, तब किसी का कहना टालने की हिम्मत नहीं होती। सभी बस्तियों से हज़ारों मील की दूरी पर, और मृत्यु के ख़तरे के समय, चाहे यह मुझे कितना भी बेकार लगा हो, मैंने अपनी जेब से एक काग़ज़ और चित्रकारी की पेंसिल

यही है वह राजकुमार का सबसे अच्छा चित्र, जिसे मैं आख़ीर में बना पाया था।

निकाली। तब मुझे याद आया कि मैंने तो ख़ासकर भूगोल, इतिहास, गणित और व्याकरण पढ़ा था। मैंने कुछ झुंझला कर उस बच्चे से कहा कि मैं चित्र खींचना नहीं जानता।

उसने जवाब दिया–

"कोई बात नहीं, मेरे लिए एक मेमने का चित्र बना दो"।

न तो मैंने कभी मेमने का चित्र बनाया था और न ही मैं दो चित्रों से अधिक कुछ बना सका था, इसलिए मैंने इन दोनों में से एक चित्र उसके लिए फिर से बना दिया।

वह बंद अजगर का चित्र था। इस बच्चे का जवाब सुनकर तो मैं अवाक् रह गया–

"नहीं, नहीं, मुझे अजगर के पेट में हाथी नहीं चाहिए। अजगर बहुत ख़तरनाक होता है और हाथी बहुत बोझिल। मेरा घर तो बहुत छोटा-सा है। मुझे मेमना चाहिए। मेमने का चित्र बना दो न ... !

तब मैंने चित्र बनाया।

उसने बहुत ध्यान से देखा, और कहा–

"नहीं, यह तो अभी से ही बहुत बीमार है। एक और बना दो।"

मैंने एक और चित्र बनाया।

मेरा मित्र मासूमियत से मुस्कराया और शालीनता से बोला–

"तुमने देखा न ... ! यह मेंढ़ी नहीं है, यह तो मेढ़ा है। इसके सींग हैं ..."

फिर मैंने अपना चित्र बदला। पहले के चित्रों की तरह वह भी स्वीकृत नहीं हुआ।

"यह तो बहुत बूढ़ा है।

मुझे ऐसा मेमना चाहिए, जो बहुत दिनों तक जिए।"

और धेर्य न रहने के कारण; और क्योंकि मुझे मोटर को खोलना शुरू करना था, मैंने वह चित्र घसीट मारा।

और कहा–

"देखो, यह तो डिब्बा है और जो मेमना तुम्हें चाहिए, वह इस डिब्बे के अंदर है।"

तब अपने कम उम्र परीक्षक का खिला हुआ चेहरा देखकर मुझे बहुत ही आश्चर्य हुआ। उसने कहा–

"यह ठीक वैसा ही बना है, जैसा मैं चाहता था। तुम्हारे विचार में क्या इसे बहुत-सी घास की ज़रूरत होगी ?"

"क्यों ?"

"क्योंकि मेरा घर बहुत छोटा है ..."

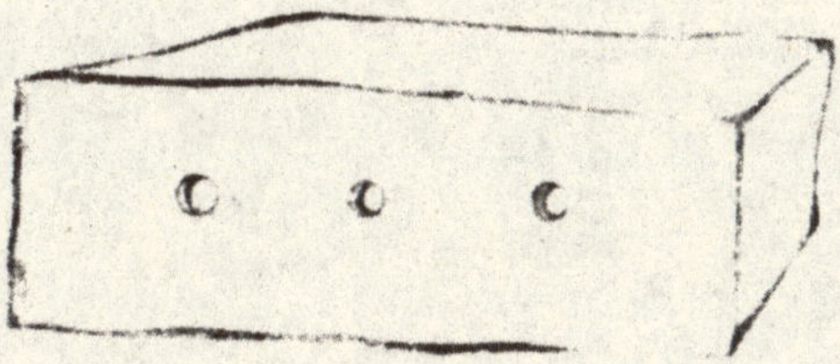

"निश्चय ही उतनी जगह काफ़ी होगी। मैंने तुम्हें बहुत छोटा-सा मेमना ही दिया है।"

उसने अपना चेहरा उस चित्र की ओर झुकाया–

"ज़्यादा छोटा तो नहीं है न...? अरे, यह तो सो भी गया !"

और इस तरह छोटे राजकुमार से मेरी जान-पहचान हुई।

तीन

यह समझने में कि वह कहाँ से आया था, मुझे बहुत समय लगा। ऐसा मालूम होता था कि छोटा राजकुमार मुझसे तो बहुत से सवाल करता, पर मेरे सवालों को कभी सुनता ही न था। संयोग से कुछ शब्दों के आकस्मिक उच्चारण ने ही धीरे-धीरे मुझ पर पूरा रहस्य खोला। जैसे, जब उसने पहली बार मेरा हवाई जहाज़ देखा (में उसका चित्र नहीं बनाऊँगा, यह चित्र बनाना मेरे लिए बहुत कठिन है)।

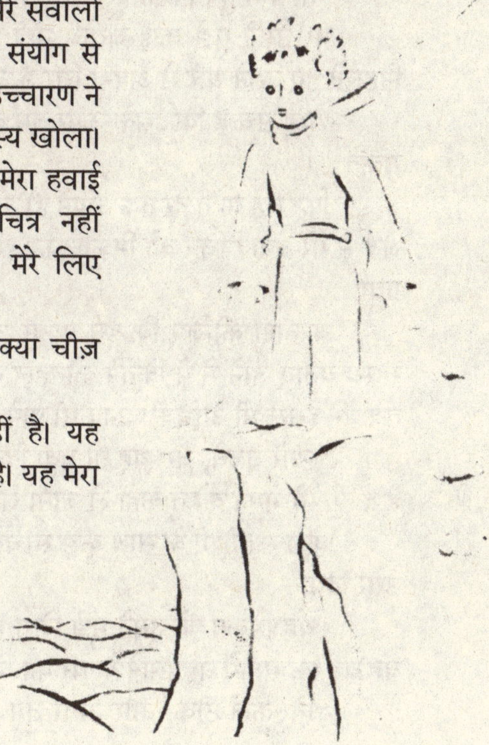

तो उसने पूछा-"यह क्या चीज़ है?"

"यह कोई चीज़ नहीं है। यह उड़ता है। यह हवाई जहाज़ है। यह मेरा हवाई जहाज है।"

और उसे यह बताने में कि मैं हवाई जहाज़ में उड़ता हूँ, मुझे बहुत गर्व हुआ। तब वह चिल्लाया–

"अरे ! तुम आसमान से गिरे हो क्या ?"

"हाँ," मैंने विनम्रता से कहा।

"ओ हो, कितनी अजीब बात है !"

और छोटे राजकुमार ने बहुत ही आकर्षक ठहाका मारा, पर उससे मुझे बहुत बेचैनी हुई। मैं चाहता हूँ कि लोग मेरे दुर्भाग्य का मज़ाक न उड़ाएँ। फिर उसने कहा–

"तो तुम भी आसमान से आए हो। तुम किस ग्रह के निवासी हो?"

और उसी समय मैंने उसकी रहस्यमय उपस्थिति को भेदती हुई रोशनी की एक झलक देखी और मैं एकदम उससे पूछ बेठा–

"तो क्या तुम किसी दूसरे ग्रह से आए हो ?"

पर उसने मुझे कोई जवाब नहीं दिया। मेरे हवाई जहाज़ को निहारते हुए उसने धीरे से अपना सिर ऊँचा किया–

"यह सच है कि इसके ऊपर तुम कहीं बहुत दूर से तो नहीं आ सकते ...।"

फिर वह बहुत देर तक अपने ही स्वप्नों में डूबा रहा और अपनी जेब से मेरे बनाए चित्र को निकालकर इस निधि के ध्यान में मगन हो गया।

कल्पना कीजिए कि इस प्रकार और ग्रहों के विषय में आधा रहस्य बताए जाने से मैं कितने कौतूहल से अभिभूत हो गया होऊँगा। तब मैंने इससे भी अधिक जानकारी पाने की कोशिश की।

"प्यारे बच्चे, ज़रा यह तो बता कि तू आया कहाँ से है, तेरा घर है कहाँ, मेरे मेमने को तू कहाँ ले जाना चाहता है ?"

कुछ ख़ामोशी के साथ कुछ सोचते हुए रहने के बाद उसने मुझे उत्तर दिया–

"यह डिब्बा जो तुमने मुझे दिया है, इसमें एक बात अच्छी है, वह यह कि रात में यह मेमने के घर का काम देगा।"

"बिल्कुल ठीक, और अगर तुम मेरे साथ भले बने रहोगे, तो

बी-612 के लघु ग्रह पर छोटा राजकुमार

मैं एक रस्सी भी दे दूँगा, जिससे तुम दिन में उसे बाँध सकोगे, और एक खूँटा भी दे दूँगा।"

मेरे सुझाव से मानो छोटे राजकुमार को धक्का लगा हो– उसको बाँधना ? कितना अजीब ख़याल है !"

"हाँ, यदि तुमने उसे बाँधकर न रखा तो वह न जाने कहाँ चला जाएगा और खो जाएगा...।"

और मेरे छोटे मित्र ने फिर एक और ठहाका मारा-

"पर तुम्हारे ख़याल से वह जाएगा कहाँ !"

"कहीं भी, ठीक अपनी नाक की सीध में ...।"

इस पर छोटे राजकुमार ने बड़े गम्भीर स्वर में कहा–

"कोई बात नहीं। मेरा घर इतना छोटा है।"

और शायद कुछ अफ़सोस के साथ उसने कहा–

"अपनी नाक की सीध में भी वहाँ बहुत दूर तक नहीं जाया जा सकता..."।

चार

इस तरह मुझे एक दूसरी बहुत ख़ास बात भी पता लगी, वह यह कि उसका ग्रह मुश्किल से एक मील से बड़ा था।

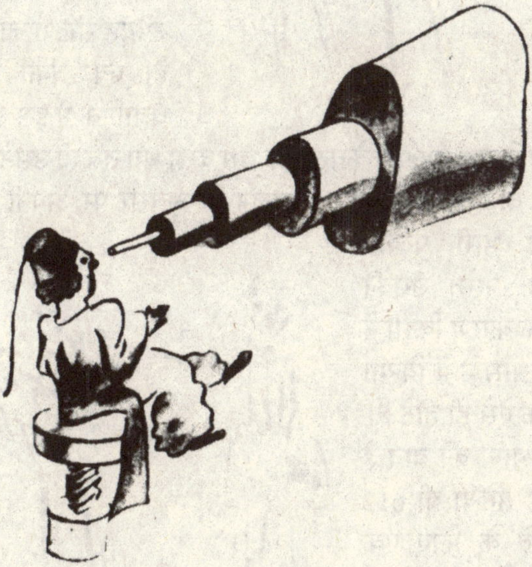

इससे मुझे बहुत आश्चर्य तो हो ही नहीं सकता था। मुझे अच्छी तरह मालूम था कि पृथ्वी, बृहस्पति, मंगल तथा शुक्र जैसे विशाल ग्रहों के अतिरिक्त जिनका नामकरण हुआ है, सैकड़ों दूसरे उपग्रह हैं, जो कभी-कभी इतने छोटे होते हैं कि उन्हें दूरबीन से भी देखने में बहुत दिक्कत होती है। जब भी सौर–
वैज्ञानिक उनमें से किसी को खोज लेते हैं, तो उसका नामकरण संख्या के अनुसार करते हैं जैसे उपग्रह नंबर 3251

मेरे पास यह विश्वास करने के लिए कई महत्त्वपूर्ण कारण हैं कि जिस उपग्रह से छोटे राजकुमार का आगमन हुआ था, वह उपग्रह संख्या बी-612 है। एक तुर्की सौर–वैज्ञानिक ने इस उपग्रह को दूरबीन से सन् 1909 में केवल एक बार देखा था। तब ही उसने सौर-वैज्ञातिकों के एक अंतर्राष्ट्रीय सम्मेलन के अवसर पर अपनी खोज का बहुत भारी प्रदर्शन किया था। परन्तु उसकी वेशभूषा के कारण किसी ने उसका विश्वास नहीं किया। प्रौढ़ व्यक्ति ऐसे ही होते हैं।

सौभाग्य की बात है कि उपग्रह संख्या बी-612 की ख्याति के लिए एक तुर्की तानाशाह ने अपनी जनता के लिए आदेश लागू

किया कि वह यूरोपीय वेशभूषा अपनाए, नहीं तो उसे प्राण-दण्ड दिया जाएगा। बहुत ही सुसंस्कृत वेश पहनकर सौर वैज्ञानिक ने 1920 में एक बार फिर अपनी खोज का प्रदर्शन किया और इस बार सभी लोग उससे सहमत हुए।

यदि उपग्रह संख्या बी-612 के विषय में मैंने यह सारा ब्यौरा दिया है और उसकी संख्या भी बताई है, तो वह प्रौढ़ व्यक्तियों के कारण। इन व्यक्तियों को अंकों से बहुत प्रेम होता है। यदि आप उनसे अपने किसी नए मित्र की बात करें, तो वे किसी भी सारवाले विषय पर आपसे सवाल नहीं करते। वह कभी यह नहीं कहते कि "उसके स्वर की ध्वनि कैसी है ? उसे कौन-से खेल पसंद हैं ? क्या वह डहलिया इकट्ठा करता है ?"

वे आपसे पूछते हैं–"उसकी उमर कितनी है ? उसके भाई कितने हैं ? उसका वज़न कितना है ? उसके पिता कितना कमाते हैं ?"

बस इन सब बातों से ही उन्हें विश्वास हो जाता है कि वे उसे जान गए। अगर आप प्रौढ़ व्यक्तियों से कहें–"मैंने लाल ईंटों का एक सुंदर मकान देखा, उसकी खिड़कियों पर 'जेरानियम' के फूल खिलें हैं और उसकी छत पर कबूतर बैठे हैं, तो वे ऐसे मकान की कल्पना नहीं कर पाएँगे।

उनसे कहना चाहिए–"मैंने एक मकान देखा उसकी कीमत एक लाख फ्रेंक है"।

तब वे ज़ोर से चिल्ला पड़ेंगे–"अरे, कितना सुंदर होगा वह मकान !"

इसी तरह यदि आप कहें–"छोटे राजकुमार की सत्ता का प्रमाण यह है कि वह आकर्षक था, हँसता था और उसे एक मेमना चाहिए था। किसी को मेमने की ज़रूरत होना उरा व्यक्ति की सत्ता का प्रमाण है।" तो वे अपने कंधे उचकाएँगे और आप से बच्चों के साथ किया जाने वाला बर्ताव करेंगे ! पर अगर आप उनसे कहें–

"जिस लोक से वह आया था, वह उपग्रह संख्या बी-612 हे,"

तो उन्हें विश्वास हो जाएगा। और फिर वे कोई प्रश्न नहीं करेंगे। वे ऐसे ही होते हैं। उनसे नाराज़ नहीं होना चाहिए। बच्चों को उनके प्रति बहुत सहनशील होना चाहिए।

पर निश्चय ही हमें, जो ज़िंदगी को अच्छी तरह जानते हें, संख्याओं से क्या लेना देना। अच्छा होता कि मैं यह कहानी परियों की कहानियों की तरह शुरू कर सका होता। मुझे कहना चाहिए था-

"एक बार एक छोटा राजकुमार था, जो ऐसे लोक में रहता था, जो उससे थोड़ा ही बड़ा था। उसे एक मित्र चाहिए था...।" जो ज़िंदगी को समझते हैं उन्हें यह अधिक सच लगा होता।

हाँ ! मुझे यह पसंद नहीं कि कोई भी मेरी पुस्तक को लापरवाही से पढ़े। ये संस्मरण बताने में मुझे बहुत ही दर्द महसूस हो रहा है।

मेरे मित्र को अपनी मेमने के साथ बिदा हुए आज पूरे छः साल बीत गए। यदि यहाँ मैं उसका वर्णन करने की कोशिश कर रहा हुँ, वो इसलिए कि मैं उसे कभी न भूलूँ। एक मित्र को भुला देना बड़ा दु:खदायक है। सभी व्यक्तियों के तो मित्र होते नहीं और फिर में उन प्रोढ़ व्यक्तियों की तरह भी हो सकता हूँ, जो संख्याओं के अतिरिक्त और किसी विषय में रुचि नहीं लेते। इसीलिए तो मैंने रंगों और पेंसिलों का डब्बा ख़रीदा है, पर मेरी उमर में चित्र बनाने का अभ्यास करना कठिन है, विशेषकर जबकि किसी ने छ: बरस की उमर के बाद खुले अजगर या बंद अजगर के चित्रों के अतिरिक्त कभी कोई और अभ्यास किया ही न हो ! निश्चय ही मैं छोटे राजकुमार के ऐसे चित्र बनाने की कोशिश करूँगा, जो उससे अधिक-से-अधिक मिलते जुलते हों, पर इसमें में सफल हो ही जाऊँ, यह निश्चित नहीं।

एक चित्र बन जाता है। तो दूसरा उससे बिल्कुल नहीं मिलता। मुझसे थोड़ी ग़लती उसके क़द के बारे में भी हो जाती है। कभी छोटा राजकुमार बहुत लम्बा बन जाता है, तो कभी बहुत छोटा। उसके कपड़ों के रंग के बारे में भी मुसे हिचकिचाहट होती है, तो फिर मैं कभी

ऐसे, कभी वैसे, जैसे भी हो सके, रंगों को आज़माता हूँ। कभी मैं उसके कुछ ख़ास पहचानों के बारे में भी ग़लती करता हूँ। पर इसके लिए तो मुझे क्षमा चाहिए। मेरा मित्र कभी कोई सफ़ाई नहीं देता था। हो सकता है कि वह मुझे अपने जैसा ही समझता था, पर दुर्भाग्य से मुझे तो डिब्बों में बैठे मेमनों को देखना नहीं आता। शायद मैं प्रौढ़ व्यक्तियों के जैसा ही हूँ। शायद उमर का तकाज़ा है।

पाँच

हर रोज़ मुझे उसके ग्रह अथवा वहाँ से उसके प्रस्थान या उसकी यात्रा के विषय में कोई-न-कोई नई जानकारी मिल जाती थी। यह जानकारी बहुत धीरे-धीरे और उसके कथनों पर यदाकदा विचार करने पर प्राप्त होती थी। इसी तरह तीसरे दिन मुझे गोरक्षी वृक्षों के नाटक के बारे में पता चला।

और इस बार भी यह सब मेमने की बदौलत ही हुआ, क्योंकि अचानक ही छोटे राजकुमार ने मुझसे पूछताछ की, मानो वह किसी भारी दुविधा में हों।

"यह ठीक ही है न कि मेमने झाड़ियाँ खाते हैं, क्यों ?"

"हाँ, सच है"।

"आहा, मैं इससे बहुत खुश हूँ।"

मैं यह समझ नहीं पाया कि मेमनों का झाड़ियाँ खाना इतना महत्त्वपूर्ण क्यों था ? पर छोटे राजकुमार ने आगे कहा–

"इसका मतलब यह कि गोरक्षी वृक्ष के पत्ते भी खाते हैं। है न?"

मैंने छोटे राजकुमार का ध्यान इस बात की ओर दिलाया कि गोरक्षी झाड़ियाँ नहीं, बड़ा वृक्ष होता है, गिरजाघरों की तरह विशाल और अगर वह अपने साथ हाथियों का एक पूरा झुंड लेकर जाए, तो भी वह गोरक्षी वृक्ष को सफ़ाचट नहीं कर पाएगा।

हाथी के झुंड के विचार से छोटे राजकुमार को बहुत हँसी आई।

"उनको तो एक के ऊपर एक रखना पड़ेगा ...।"

और बड़ी बुद्धिमानी के साथ उसने तर्क दिया–

"बड़े होने से पहले गोरक्षी पेड़ शुरू में तो छोटे ही होते हैं"।

"हाँ, बिल्कुल ठीक है, पर तुम यह क्यों सोचते हो कि तुम्हारे मेमने छोटे गोरक्षी पेड़ के पत्तों को ही खाएँ ?"

उसने मुझे उत्तर दिया–

"अरे, सोचो तो ज़रा !"

मानों यह बात स्वतः स्पष्ट हो, पर अपने आप इस बात को समझ लेने के लिए मुझे अपनी बुद्धि से कितना जूझना पड़ा !

वास्तव में, जैसे सारे ग्रहों में होता हे, वैसे ही छोटे राजकुमार के ग्रह में भी अच्छी घास भी थी और बुरी भी। इसका मतलब यह कि अच्छी घास के लिए अच्छे बीज और बुरी घास के लिए बुरे बीज होते हैं। पर बीज तो अदृश्य होते हैं, वे उस समय तक धरती के रहस्य लोक में सोए रहते हैं, जब तक उनमें से किसी के मन में जागने का शौक न पैदा हो। ऐसी परिस्थिति में वह अँगड़ाई लेता है और बड़ी लाज के साथ एक साधारण अंकुर की शक्ल में सूरज की दिशा में बढ़ता है। यदि मूली या गुलाब के अंकुर का सवाल हो, तो उसको जैसा चाहो उगने दिया जा सकता है, पर यदि वह कोई जंगली अंकुर हो, तो पहचानते ही उसको उखाड़ देना

पड़ता है।

पर छोटे राजकुमार के ग्रह में तो भयानक बीज थे ओर वे भी गोरक्षी के। इस ग्रह की धरती इनसे भरी पड़ी थी, और गोरक्षी को यदि पहचानने में देर हो जाए, तो उससे कभी छुटकारा नहीं पाया जा सकता। वे सारे-के-सारे ग्रह पर फैल जाते हैं। अपनी जड़ों से उसे बेध देते हैं; और यदि ग्रह छोटा हो, और गोरक्षी बहुत संख्या में हो, तो वे उसे चूर-चूर कर डालते हें।

"यह सारा अनुशासन का प्रश्न हैं," बाद में छोटे राजकुमार ने मुझसे कहा–"सुबह हाथ मुँह धोने के बाद ध्यान से ग्रह की सफ़ाई करनी चाहिए। गोरक्षी और गुलाब, जब वे छोटे होते हैं, तो बहुत मिलते-जुलते हैं, अंतर कर सकने के तुरंत बाद ही, नियम से सारे गोरक्षी पौधों को उखाड़ने में नियम से जुटे रहना चाहिए। बहुत ही

गोरक्षी वृक्ष

उबाऊ होते हुए भी यह काम बहुत सरल है।"

और एक दिन उसने मुझे सलाह दी कि मैं एक ऐसा सुंदर चित्र बनाने की कोशिश करूँ, जिससे यह बात मेरे यहाँ के बच्चों के दिमाग़ में ठीक तरह से घर कर ले।

"यदि वे किसी दिन यात्रा करें," उसने मुझसे कहा–"तो यह उनके काम आ सकती है। कभी-कभी अपने काम को टालने में कोई परेशानी नहीं होती, पर जहाँ तक गोरक्षी का प्रश्न है, ऐसा करना सदैव घातक होता है। मैं एक ऐसा ग्रह जानता हूँ, जहाँ एक आलसी व्यक्ति रहता था और उसने तीन झाड़ियों पर ध्यान नहीं दिया था...।"

और छोटे राजकुमार के निर्देशों के आधार पर मैंने इस ग्रह का एक चित्र बनाया है। मुझे सदाचार के उपदेशकों की स्वरशैली अपनाना कोई ख़ास पसंद नहीं, पर गोरक्षी के ख़तरे से लोग इतने अनभिज्ञ हैं; और ग्रह में चूंक जाने वाला व्यक्ति इतने भारी-जोखिम में पड़ सकता है कि एक बार के लिए मैं अपने इस संकोच को त्याग देता हूँ। में कहता हूँ–

"बच्चो, गोरक्षी से सावधान रहो !"

इस चित्र पर मैंने इतना परिश्रम इसीलिए किया है कि अपने मित्रों को ऐसे ख़तरे से सावधान कर दूँ, जिसका वे मेरी ही तरह और अनजाने में बहुत दिनों से सामना करते आ रहे हैं। जो उपदेश मैं देना चाहता हूँ, उसके लिए इतना परिश्रम उचित ही है।

कदाचित् आप सोचेंगे कि इस पुस्तक में गोरक्षी जैसे दूसरे भव्य चित्र क्यों नहीं हैं ?

इसका साधारण-सा उत्तर यह है–

"मैंने इसका प्रयत्न किया था, पर मैं सफल न हो सका। जब मैंने गोरक्षी का चित्र बनाया, तो मैं एक ऐसी भावना से प्रेरणा पा रहा था, जैसे ऐसा करना अनिवार्य है।"

छः

वाह रे, मेरे छोटे राजकुमार ! इस तरह, धीरे-धीरे अब कहीं मैं तेरे एकाकी दर्द भरे जीवन को समझ पाया हूँ। बहुत दिनों तक तेरे मनोरंजन का एक ही साधन था–सूर्यास्त का सौंदर्य !

यह छोटी-सी बात मुझे चौथे दिन की सुबह पता लगी थी, जब तूने मुझसे कहा था–

"मुझे सूर्यास्त बहुत पसंद है। चलो, सूर्यास्त देखने चलें...।"

"पर अभी तो प्रतीक्षा करनी पड़ेगी।"

"प्रतीक्षा ! किसकी ?"

"...कि सूर्य अस्त तो हो।"

पहले तो इस पर तुम्हें बहुत आश्चर्य हुआ था कि फिर तुम आप-ही-आप हँसे थे; और मुझसे कहा था–

"मुझे हमेशा ऐसा लगता है, जैसे मैं सब जगह अपने यहाँ ही हूँ।"

वस्तुतः सबको पता है कि जब उत्तरी अमरीका में दोपहर होती है, तो फ्रांस में उस समय सूरज डूब रहा होता है। अच्छा यह होता कि एक मिनट में फ्रांस पहुँच सकने की सामर्थ्य होने से ही सूर्यास्त के समय वहाँ उपस्थित हुआ जा सकता।

दुर्भाग्य से फ्रांस तो बहुत अधिक दूर है, परंतु तेरे इस छोटे से ग्रह में, अपनी कुर्सी को थोड़ा-सा खिसका लेना ही तेरे लिए काफ़ी होता है। इस प्रकार जब-जब भी तेरी इच्छा हो, तू सूर्यास्त होते देख

सकता है।

"एक दिन मैंने तैंतालीस बार सूरज को अस्त होते देखा !"

और थोड़ी देर बाद तुमने आगे जोड़ा था–

"तुम्हें पता है ... जब व्यक्ति किसी शोचनीय अवस्था में हो, तो उसे सूर्यास्त देखना अच्छा लगता है ...।"

"तो क्या तैंतालीस बार सूर्यास्त देखने वाले दिन तुम इतने दुखी थे ?" पर छोटे राजकुमार ने कोई उत्तर नहीं दिया।

६

सात

पाँचवें दिन, और मेमने की बदौलत ही, मुझे छोटे राजकुमार के जीवन का एक और भेद पता चला। वह मुझसे, बिना किसी भूमिका के, मानो मन-ही-मन किसी समस्या पर मनन करने के फलस्वरूप अचानक पूछ बैठा।

"मेमना यदि झाड़ियाँ खाता है, तो क्या फूल भी खाता है ?"

"हाँ, मेमने को जो भी कुछ मिले वह सब खा लेता है।"

"ऐसे फूल भी जिनमें काँटे हों ?"

"हाँ, ऐसे फूल भी जिनमें काँटे हों।"

"तो फिर काँटे किस काम आते हैं ?"

वह तो मुझे मालूम नहीं था; और फिर उस समय मैं अपनी मोटर की एक बहुत ही कसी हुई ढिबरी को खोलने में लगा था। मुझे बहुत घबराहट हो रही थी, क्योंकि मोटर की ख़राबी मुझे बहुत ग़ैरमामूली लगने लगी थी और पीने के पानी का ख़त्म होते जाना मुझे बेहद भयभीत कर रहा था।

"काँटे, किस काम आते हैं ?"

एक बार कोई सवाल करने के बाद छोटा राजकुमार फिर उसका पीछा नहीं छोड़ता था। मैं तो ढिबरी से वैसे तंग था ही और मैंने बिना कुछ सोचे-समझे यूँ ही जवाब दे दिया–

"काँटे, वे किसी काम नहीं आते। वह तो फूलों की शैतानी है।"

"अरे !"

पर कुछ देर के मौन के बाद और कुछ चिढ़ते हुए उसने मुझे फिर भड़काया–

“मैं तुम्हारी बात नहीं मानता। फूल तो निर्बल हैं। वे ठहरे भोले-भाले। जैसे-तैसे अपने को बनाए रखते हैं। काँटों के साथ तो वे अपने को भयंकर मानते हैं ...।”

इस पर मैंने कुछ नहीं कहा। उसी क्षण सोचा–

“यदि यह ढिबरी अभी भी नहीं खुली तो हथौड़ी की एक चोट से मैं इसे निकाल फेकूँगा।” पर छोटे राजकुमार ने एक बार फिर मेरी विचारधारा को तोड़ा–

“और तुम, तुम यह मानते हो कि फूल ...।”

“नहीं भाई, नहीं, मैं कुछ नहीं मानता। मैंने तो बिना सोचे-समझे तुम्हें जवाब दे दिया था। मैं तो और महत्त्वपूर्ण बातों में व्यस्त हूँ।”

उसने बहुत अचम्भे से मेरी ओर देखा–

“महत्त्वपूर्ण बातों में !”

वह मुझे देख रहा था। तेल से काली उँगलियों वाले हाथ में हथौड़ी लिए, ऐसी वस्तु पर झुके हुए, जो उसे बहुत ही घिनौनी लग रही थी।

“तुम तो प्रौढ़ व्यक्तियों की तरह बातें करते हो !”

इससे मुझे थोड़ी शरम आई। बड़ी निष्ठुरता से वह आगे बोला–

“तुम तो बहुत गड़बड़ करते हो, सब कुछ गोलमाल कर रहे हो।”

वह वास्तव में बहुत झुँझलाया हुआ था। अपने सारे सुनहरे बालों को उसने हवा में फटकारा।

“मुझे एक ऐसे लोक का पता है–जहाँ लाल चेहरे वाला एक व्यक्ति रहता है। न उसने कभी किसी फूल को सूँघा, न किसी तारे को देखा, न किसी से प्यार किया। हिसाब जोड़ने के सिवाय उसने कभी कुछ और नहीं किया। और सारे दिन वह तुम्हारी तरह रटता रहता

है –'मैं एक गंभीर व्यक्ति हूँ और मैं बहुत ज़रूरी कामों में लगा हूँ।' और ऐसा करने में वह गर्व से फूल जाता है, पर वह आदमी थोड़े ही है, वह तो एक कुकुरमुत्ता है। "

"क्या"

"एक कुकुरमुत्ता !"

अब तक तो छोटा राजकुमार गुस्से से लाल-पीला हो चुका था–

"हज़ारों साल से फूल-काँटे उगाते आ रहे हैं, और हज़ारों साल से मेमने फूलों को खाते आ रहे हैं, और फिर भी यह पता लगाने की कोशिश करना कि किस कारण फूल उन काँटों की रचना करने में इतना कष्ट उठाते हैं, जो किसी काम नहीं आते, महत्त्वपूर्ण नहीं है ? मेमनों और फूलों के युद्ध का क्या कोई महत्त्व नहीं ? उस मोटे लाल चेहरे वाले आदमी के जोड़ के सवालों से क्या यह अधिक महत्त्वपूर्ण और कहीं अधिक गम्भीर नहीं है ? और यदि मुझे एक ऐसे अनोखे फूल का पता हो, जो मेरे ग्रह के अतिरिक्त और कहीं नहीं उगता;

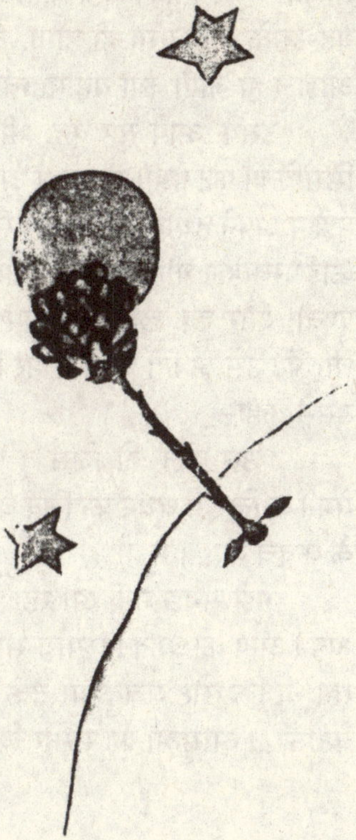

और जिसे एक छोटा-सा मेमना, किसी एक दिन सुबह, ऐसे ही, बिना यह समझे कि उसने क्या कर डाला है, एक ही झटके में नष्ट कर दे, तो यह ज़रा भी महत्त्वपूर्ण नहीं ?"

राजकुमार आगबबूला हो गया, फिर कहने लगा–

"अगर कोई किसी ऐसे फूल को प्यार करता हो, जो हज़ारों तारों के बीच केवल एक नमूने के रूप में खिलता हो, तो यह काफ़ी होगा, क्योंकि जब-जब वह उन तारों को देखेगा, वह खुश हो जाएगा। वह सोचेगा—'मेरा फूल वहीं कहीं है...।' पर यदि मेमना उसे खा ले, तो यह उसके लिए ऐसा ही होगा, जैसे अचानक एक झटके में सारे तारे ओझल हो जाएँ। क्या यह महत्त्वपूर्ण नहीं ?"

इसके आगे वह कुछ भी न बोल पाया, और एकदम उसकी सिसकियाँ फूट पड़ीं। रात उतर आई थी। मैंने अपने औज़ार रख दिए थे। मुझे न अपने हथौड़े की, न ढिबरी की, न प्यास, न मौत की, किसी की कोई परवाह न थी। बस, एक नक्षत्र पर एक लोक था, मेरा लोक अर्थात् पृथ्वी; और एक छोटा राजकुमार, जिसको तसल्ली देने की ज़रूरत थी। मैंने उसे अपनी बाहों में भर लिया। उसे अपनी गोद झुलाया, और उससे कहा–

"उस फूल को जिसे तू प्यार करता है, कोई खतरा नहीं ...। मेमने के लिए मैं थूथन का चित्र बना दूँगा..; और तेरे लिए फूल की रक्षा के कवच का...। मैं..।"

मुझे समझ नहीं आ रहा था, इससे ज़्यादा और क्या कहूँ ? मैं अपने आप को बहुत निरुपाय-सा महसूस कर रहा था। मैं नहीं समझ पा रहा था कि छोटे राजकुमार तक कैसे पहुँचूँ और उससे तालमेल कैसे बैठाऊँ...। आँसुओं का संसार कितना रहस्यमय है !

आठ

इस फूल की बाबत बेहतर जानकारी मुझे जल्दी ही मिल गई। छोटे राजकुमार के लोक में सदा से बहुत सादे फूल हुआ करते थे। वे पंखड़ियों की एक लड़ी से सजे होते थे। न वे कुछ भी जगह घेरते और न किसी को तंग ही करते। प्रातःकाल वे घास में प्रकट होते और संध्या समय मुरझा जाते; पर यह ख़ास फूल एक दिन एक ऐसे बीज से फूट आया था, जो न जाने कहाँ से आ गया था; और छोटे राजकुमार ने उस अंकुर को, जो और अंकुरों से बिल्कुल भिन्न था बहुत पास से निहारा था। शायद यह एक नए प्रकार का गोरक्षी पेड़ था।

पर शीघ्र ही इस पौधे का बढ़ना रुक गया और एक फूल के सजने की तैयारी शुरू हो गई। छोटे राजकुमार को एक बहुत ही बड़ी कली के गठन के समय ऐसा अनुभव हो रहा था कि इससे कोई अद्भुत वस्तु प्रकट होगी, पर अपने हरे कोष्ठ के आश्रय में, फूल अपनी सज्जा की तैयारी को पूरा करते ही न लगता था। वह तो बड़े ध्यान से अपने रंग चुनने में लगा था। धीरे-धीरे अपनी रूप-सज्जा करता और एक-एक करके अपनी पंखुड़ियों को सँवारता वह पोस्त के फूलों की तरह सिमटा हुआ नहीं निकलना चाहता था, वह तो अपनी सुषमा के सम्पूर्ण वैभव के साथ खिलना चाहता था। हाँ ! हाँ, वह बहुत नख़रेबाज़ था। इसीलिए उसका रहस्यपूर्ण शृंगार दिनों, बहुत दिनों तक चलता रहा; और फिर एक बहुत ठीक सूर्योदय के समय उसने दर्शन दिए।

वास्तव में, उसने, जिसने इतनी सूक्ष्मता से परिश्रम किया था जम्हाई लेते हुए उसने कहा–

"ओ हो, मुश्किल से मेरी नींद खुली है ...मैं तुमसे क्षमा चाहता हूँ... मेरी पंखुड़ियाँ अभी तक अनसँवरी हैं।"

इस पर छोटा राजकुमार अपनी सराहना को रोक न सका !

"तू कितना सुन्दर है !"

"है न ?" फूल ने मृदुतापूर्वक उत्तर दिया, "और मेरा जन्म सूर्योदय के साथ ही हुआ है ..."

छोटे राजकुमार ने भली भाँति समझ लिया कि फूल अधिक संकोची नहीं था, पर वह हृदयस्पर्शी अवश्य था।

उसी क्षण फूल ने आगे कहा–

"मेरे ख़याल में अब नाश्ते का समय है, और तुम मेरी चिंता करने की कृपा करोगे न ?"

शीतल जल के फव्वारे को लाकर बहुत सटपटाए हुए छोटे राजकुमार ने फूल को सींचा।

इस तरह इस फूल ने अपनी तुनकमिजाज खुदपरस्ती से छोटे राजकुमार को शीघ्र ही परेशान कर दिया। एक दिन अपने चारों ओर उग आए काँटों की चर्चा करते हुए फूल ने छोटे राजकुमार से कहा–

"बाघ, पंजेवाले बाघ, यहाँ भी आ सकते हैं !"

और उत्तर में छोटे राजकुमार ने एतराज प्रकट किया था–

"नहीं, मेरे लोक में बाघ नहीं है, और फिर बाघ घास थोड़े ही खाते हैं।"

"मैं घास थोड़े ही हूँ।" फूल ने धीमे से कहा।

"क्षमा करना ...।"

"मुझे बाघों से ज़रा भी डर नहीं लगता, पर हवा के झोंकों से मुझे बहुत घृणा है। क्या हवा से बचाने के लिए तुम्हारे पास कोई पर्दा है ?"

"हवा के झोंकों से घृणा... एक पौधे के लिए यह तो दुर्भाग्य की बात हे," छोटे राजकुमार ने सोचा था, "यह फूल कुछ विलक्षण है...।"

"रात को तुम मुझे एक शीशे के गोले के भीतर रखना। तुम्हारे यहाँ बहुत ठण्ड है। यहाँ व्यवस्था ठीक नहीं। जहाँ से मैं आया हूँ,

वहाँ ...।"

पर वह बीच में ही रुक गया। वह बीज के रूप में यहाँ आया था।

दूसरे लोगों का उसे कुछ भी ज्ञान नहीं हो सकता था। ऐसे निष्कपट झूठ की तैयारी में पकड़े जाने से नीचा देखने के कारण और छोटे राजकुमार की ग़लती बताने के लिए वह दो-तीन बार खाँसा।

"वह पर्दा ? ..."

"मैं उसे खोजने जा ही रहा था; पर तुमने मुझे रोक लिया।"

इस पर फूल ज़बर्दस्ती खाँसा ताकि छोटे राजकुमार को हर साल में पछतावा हो।

इस प्रकार अपने प्यार की सच्चाई के बावजूद छोटे राजकुमार को उस पर शीघ्र ही संदेह होने लगा। बेकारी के शब्दों को उसने बड़ी गंभीरता से लिया था और इससे वह अत्यंत दुःखी हुआ था।

एक दिन मुझे विश्वास में लेते हुए उसने वहा–

"मुझे उसकी बातों में नहीं आना चाहिए था। फूलों की बातें कभी नहीं सुनना चाहिए। उनको देखना चाहिए और सूँघना चाहिए। मेरे फूल ने मेरे लोक को सुगंधित कर दिया था, पर मैं उसका आनंद न ले सका। पंजों की चर्चा ने, जिसने मुझे इतना बेचैन कर दिया था जैसे–मुझे द्रवित कर दिया होगा...।"

और उसने मुझे आगे भी विश्वास में लिया–

"आश्चर्य है कि मैं कुछ समझ ही न सका। शब्दों से नहीं, मुझे उसके कर्मों से उसे जाँचना चाहिए था। वह मुझे सुगंध पहुँचाता था और मेरे जीवन को आलोकित करता था। मुझे कभी भी उससे दूर नहीं भागना चाहिए था। उसकी फूहड़ चालों के पीछे छिपी हुई कोमलता का अनुमान लगा लेना चाहिए था। फूल इतने परस्परविरोधी होते हैं। दरअसल फूल को प्यार करने का सही ढंग मैं अपनी कम उम्र की वजह से जानता ही न था।"

नौ

मैं समझता हूँ कि अपने भागने के लिए छोटे राजकुमार ने जंगली पक्षियों के स्थानान्तरण से लाभ उठाया। विदा की सुबह उसने अपने ग्रह को भली भाँति व्यवस्थित किया। धधकती ज्वालामुखियों की बड़े ध्यान से सफ़ाई की, वहाँ दो ज्वालामुखियाँ धधक रही थीं, जिन पर सुबह का नाश्ता गरम करने का अच्छा-खासा आराम था। वहाँ एक और ज्वालामुखी भी थी, पर वह शांत थी। तभी तो वह कहा करता था–

"इसका क्या भरोसा।"

इसीलिए उसने शांत ज्वालामुखी की भी सफ़ाई की। अगर वे अच्छी तरह साफ़ की जाएँ, तो ज्वालामुखियाँ धीरे-धीरे और नियमित रूप से जलती रहती हैं और उनमें विस्फोट नहीं होता। ज्वालामुखियों का विस्फोट मकान के पक्के आतिशदानों की आग के समान होता है।

यह तो स्पष्ट है कि अपनी पृथ्वी पर हम अपनी ज्वालामुखियों की सफ़ाई नहीं कर पाते। इसी से तो हमें उनसे इतनी परेशानी होती है।

कुछ ग़मगीन होते हुए छोटे राजकुमार ने गोरक्षी वृक्ष के अंतिम अंकुरों को भी उखाड़ा। उसे ऐसा लग रहा था, मानो वह वहाँ फिर कभी नहीं लौटेगा, पर उस दिन प्रातःकाल ये सारे दैनिक काम उसे बहुत ही हल्के लगे; और जब उसने अंतिम बार फूल के पौधे को

जागृत ज्वालामुखी की उसने अच्छी तरह से साफ–सफ़ाई की

सींचा और उसको शीशे के गोले की ओट में रखने की तैयारी की, तो उसे रोना आने लगा और वह उसे रोक न सका–

"अलविदा !" उसने फूल से कहा।

पर फूल ने उसे कोई उत्तर नहीं दिया।

उसने फिर दोहराया–"अलविदा !"

फूल खाँसा। पर इसलिए नहीं कि उसको जुकाम था।

अंत में उसने कहा–

"मैंने मूर्खता की है। क्षमा करना, खुश रहने की कोशिश करना है।"

उलाहना के अभाव में छोटे राजकुमार को बहुत आश्चर्य हुआ; और वह जहाँ-का-तहाँ खड़ा रह गया, शीशे के गोले को हवा में उठाए हुए; और उसकी इस शांत शालीनता को वह समझ ही न पाया।

"हाँ-हाँ, मैं तुम्हें प्यार करता हूँ।" फूल ने कहा, "तुम्हें इसका बिल्कुल भी पता नहीं चला, इसमें मेरा ही दोष है, पर छोड़ो, इसका कोई महत्त्व नहीं। तुम मेरी ही तरह मूर्ख बने रहो। अब आगे तो खुश रहने की कोशिश करना ...। इस गोले को ऐसे ही छोड़ दो। अब मुझे इसकी आवश्यकता नहीं।"

"पर हवा ...?"

"मुझे इतना जुकाम थोड़ी ही है। रात की ताज़ी हवा मेरे लिए अच्छी रहेगी। में फूल हूँ न।"

"पर जानवर ...?"

"यदि मैं तितलियों के बारे में जानना चाहता हूँ, तो मेरे लिए ज़रूरी है कि दो-तीन इल्लियों को भी जानूँ। कहते हैं ये बहुत सुंदर होती हैं। नहीं तो मेरे पास कौन आएगा ? तू तो दूर होगा न ! रहा प्रश्न बड़े जानवरों का, तो मुझे उनका कोई डर नहीं। मेरे अपने पंजे जो हैं।"

और उसने बड़े भोलेपन से अपने चारों तरफ़ उगे काँटे दिखाते

हुए कहा–

“अब इस तरह टालमटोल मत कर। इससे परेशानी होती है। तूने यहाँ से जाने का फैसला किया है, न, तो अब चला जा।”

क्योंकि फूल यह नहीं चाहता था कि छोटा राजकुमार उसे रोते हुए देखे। वह इतना अकड़वाला फूल जो ठहरा...।

दस

वह अब संख्या 325, 326, 327, 328, 329 और 330 उपग्रहों के प्रदेश में आ पहुँचा था। उसने वहाँ घूमना शुरू किया, जिससे उसे कुछ करने को मिल जाए और उनकी जानकारी भी हो जाए।

पहले उपग्रह में एक राजा रहता था। जामुनी कपड़े और सफ़ेद लोमचर्म पहने यह राजा एक सादे, पर शानदार सिंहासन पर बैठा था।

छोटे राजकुमार को आते देख, वह एकदम पुकार उठा—

"अरे, वाह ! एक मनुष्य जो मेरी प्रजा है।"

और छोटे राजकुमार ने मन में सोचा—

'इसने मुझे पहले तो कभी देखा तक नहीं, तो पहचाना कैसे ?'

वह यह नहीं जानता था कि राजाओं के लिए दुनिया बहुत आसान हो जाती है। सारे ही व्यक्ति उनकी प्रजा होती है।

"ज़रा पास तो आओ, जिससे मैं तुम्हें अच्छी तरह देख सकूँ !" राजा ने उससे कहा। उसे बड़ा गर्व था कि वह किसी का तो राजा हुआ।

बैठने की जगह ढूँढ़ने के लिए छोटे राजकुमार ने आँखें इधर-उधर घुमाईं, पर सफ़ेद लोमचर्म का भव्य कोट उस सारे उपग्रह में फैला हुआ था। इसलिए वह वहाँ खड़ा ही रहा, पर क्योंकि वह थका हुआ था, छोटे राजकुमार ने एक उबासी ली।

"राजा के सामने उबासी लेना नियम के विरुद्ध है," राजा ने

उससे कहा– "तेरे लिए मैं इसका निषेध करता हूँ।"

"में इसे रोक नहीं सकता"– कुछ सिटपिटाकर छोटे राजकुमार ने उत्तर दिया, "मैंने एक बहुत लम्बी यात्रा की हे और मैं सोया भी नहीं हूँ..."

"तो फिर," राजा ने कहा–"मैं तुझे उबासी लेने का आदेश देता हूँ। बरसों से मैंने किसी को उबासी लेते नहीं देखा। उबासियाँ मेरे लिए कौतूहल का विषय है। हाँ-हाँ, फिर से उबासी ले लो। यह मेरा आदेश है।"

"बाप रे, इससे तो मुझे संकोच होता है ... अब मुझसे यह नहीं हो सकता...।" यह कहते छोटे राजकुमार का चेहरा लाल हो गया।

"हूँ ! हूँ !" राजा ने कहा–"तो फिर मैं तुझे आदेश देता हूँ कि कभी उबासी ले और कभी ..."

वह कुछ गड़बड़ा गया था और कुछ नाराज़ भी दीखता था।

क्योंकि राजा तो वास्तव में यह चाहता था कि उसकी आज्ञा का पालन हो। वह अपनी आज्ञा का उल्लंघन नहीं सह सकता था। वह सर्वशक्तिशाली शासक था, पर बहुत ही भला राजा होने के कारण उसके आदेश सही तर्कों वाले होते थे।

"यदि मैं आदेश दूँ" वह कहा करता था, "यदि मैं किसी जनरल को आदेश दूँ कि वह समुद्री पक्षी बन जाए, और यदि जनरल इस आदेश का पालन न करे, तो इसमें जनरल का कोई दोष नहीं होगा। यह तो मेरा दोष होगा।"

"क्या मैं बैठ सकता हूँ ?" छोटे राजकुमार ने बहुत झिझक के साथ पूछा।

"मैं तुझे बैठने का आदेश देता हूँ !" राजा ने उत्तर दिया और साथ ही उसने लोमचर्म के कोट को बड़ी शान से एक ओर समेट लिया।

छोटे राजकुमार को आश्चर्य हो रहा था। उपग्रह तो बहुत छोटा था, तो राजा भला शासन किस पर कर सकता था ?

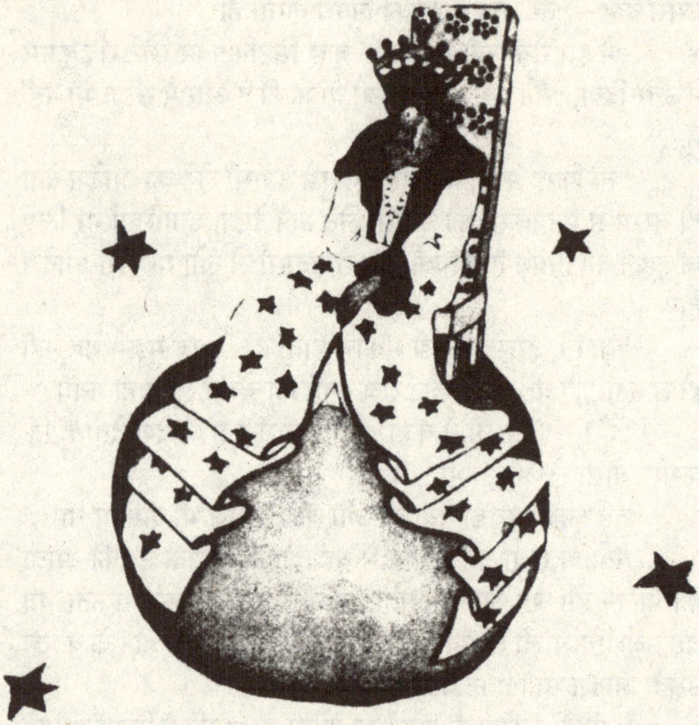

"महाराज", उसने कहा, "आपसे कुछ पूछने के लिए क्षमा मांगता हूँ..."

"मैं तुझे प्रश्न करने का आदेश देता हूँ," राजा ने जल्दी से कहा।

"महाराज ... आप किस पर राज करते हैं ?"

"सभी पर !" बहुत ही सरलता के साथ राजा ने उत्तर दिया।

"सभी पर ?"

हल्के इशारे द्वारा राजा ने अपने उपग्रह, दूसरे उपग्रहों और तारों की ओर संकेत किया।

"इन सब पर ?" छोटे राजकुमार ने कहा।

"हाँ, इन सब पर ..." राजा ने उत्तर दिया।

क्योंकि न केवल वह एक सर्वोच्च शासक था, बल्कि वह चक्रवर्ती राजा भी था।

"और ये सारे तारे आपकी आज्ञा का पालन करते हैं ?"

"निश्चय ही," राजा ने कहा, "आज्ञा का पालन वे तुरंत करते हैं। अनुशासनहीनता को मैं कदापि सहन नहीं करता।"

ऐसी प्रभुता से छोटा राजकुमार आश्चर्यचकित हो गया। यदि उसकी इतनी सत्ता होती, तो वह बिना कुर्सी हिलाए न केवल चवालीस, बल्कि बहत्तर, अथवा सौ या दो सौ सूर्यास्त एक ही दिन में देख सकता था; और क्योंकि अपने छोटे उपग्रह को छोड़ने की याद करके उसे थोड़ा अफ़सोस हो रहा था, छोटे राजकुमार ने राजा से प्रार्थना करने का साहस किया–

"मुझे सूर्यास्त देखने की इच्छा है। मुझ पर कृपा कीजिए ... और सूर्य को आदेश दीजिए कि वह अस्त हो जाए...।"

"यदि मैं एक जनरल को आदेश दूँ कि वह तितली की तरह एक फूल से उड़कर दूसरे फूल पर जाए, या वह एक दुखान्त नाटक लिखे अथवा समुद्री पक्षी में बदल जाए और यदि जनरल प्राप्त आदेश का पालन न करे, तो इसमें दोष किसका होगा, उसका या मेरा ? "

"इसमें दोष आपका होगा।" छोटे राजकुमार ने दृढ़तापूर्वक कहा।

"बिल्कुल ठीक। हरेक से उतनी ही माँग करनी चाहिए, जितनी

वह पूरी कर सकता हो," राजा ने कहा–"सत्ता का सर्वप्रथम आधार तर्क है। यदि तू अपनी प्रजा को समुद्र में छलाँग मारने का आदेश दे, तो वह विद्रोह करेगी। मुझे अपने आदेशों का पालन करने का अधिकार इसलिए है कि वे सही तर्कवाले होते हैं।"

"हाँ तो, मेरे सूर्यास्त का क्या हुआ ?" छोटे राजकुमार ने स्मरण कराया। जब भी वह प्रश्न करता, तो उसे भूलता कभी नहीं था।

"सूर्यास्त ! हाँ, वह तो तू देखेगा ही। मैं उसका आदेश दूँगा, पर अपनी राजनीति के अनुसार, मैं तब तक प्रतीक्षा करूंगा, जब तक कि परिस्थिति अनुकूल न हो जाए।"

"और ऐसा कब होगा ?" छोटे राजकुमार ने जानना चाहा।

"हें ! हें", कहकर राजा ने पहले एक मोटा पंचांग देखा–"हें हें, यह होगा, कोई ... कोई ... आज शाम को लगभग सात बज कर चालीस मिनट पर; और तू देखेगा कि मेरे आदेश का पालन कैसे होता है।"

छोटे राजकुमार ने उबासी ली। उसे सूर्यास्त न देख सकने का दुख हो रहा था; और फिर वह कुछ-कुछ ऊबने भी लगा था।

"अब मेरा यहाँ कोई काम नहीं," उसने राजा से कहा, "मैं चलता हूँ।"

"नहीं, यहाँ से मत जा", राजा ने कहा। उसे तो एक व्यक्ति पर राज कर पाने का इतना गर्व था, "यहाँ से मत जा, मैं तुझे मंत्री बना देता हूँ।"

"मंत्री, किसका मंत्री ?"

"देखूँ, ... न्याय का मंत्री।"

"पर यहाँ न्याय करने के लिए तो कोई है ही नहीं।"

"कौन जाने !" राजा ने उससे कहा, "अभी तक हमने अपने सम्पूर्ण राज्य का दौरा नहीं किया है। मैं बहुत बूढ़ा हूँ, घोड़ा-गाड़ी रखने की मेरे पास जगह नहीं और पैदल चलने से मैं थक जाता हूँ ! "

"ओह ! पर मैंने सब कुछ देख लिया है।"–यह कहते-कहते उपग्रह की दूसरी ओर देखने के लिए छोटा राजकुमार एक बार फिर झुका, पर वहाँ भी कोई नहीं था।

"तो तू अपने आप को ही जाँचेगा," राजा ने उत्तर दिया, "यह सबसे अधिक कठिन काम है। अपने आपको जाँचना, दूसरों को जाँचने से कहीं अधिक कठिन है। यदि तू अपने आपको जाँचने में सफल हो जाए, तो तू वास्तव में बुद्धिमान है।"

"में" छोटे राजकुमार ने कहा, "मैं तो अपने आप को कहीं भी जाँच सकता हूँ। इसके लिए मुझे यहाँ रहने की आवश्यकता नहीं।"

"ओहो !" राजा ने कहा, "हाँ, ध्यान आया कि मेरे उपग्रह में कहीं पर एक बूढ़ा चूहा रहता है। रात में उसकी आहट मुझे सुनाई देती है। तू उस बूढ़े चूहे को जाँच सकेगा। कभी-कभार तू उसे मौत की सज़ा दे देगा। इस प्रकार उसका जीवन तेरे न्याय पर निर्भर रहेगा, पर उसको बचाने के लिए तू हर बार उसको जीवन-दान दे देगा। आख़िर, यहाँ एक ही चूहा तो है।"

"मैं ..." छोटे राजकुमार ने उत्तर दिया, "मुझे मौत की सज़ा देना पसंद नहीं, और मैं समझता हूँ कि मुझे यहाँ से जाना ही है।"

"नहीं।" राजा ने कहा।

लेकिन जाने की अपनी तैयारी पूरी कर चुकने पर छोटे राजकुमार ने बूढ़े राजा को अधिक दुख देना नहीं चाहा–उसने कहा–"यदि महामहिम अपनी आज्ञा का तुरंत पालन करना चाहते हैं, तो आप मुझे एक तर्कपूर्ण आदेश दे सकते हैं। जैसे, आप मुझे आदेश दे सकते हैं कि मैं यहाँ से एक मिनट के भीतर ही चला जाऊँ। मेरे विचार में परिस्थिति अनुकूल है...।"

जब राजा ने कोई उत्तर न दिया तो छोटा राजकुमार पहले तो हिचकिचाया और फिर लंबी साँस लेकर चलने को हुआ।

तभी राजा हड़बड़ा कर चिल्ला उठा–"मैं तुझे अपना राजदूत बनाता हूँ।"

उसकी वाणी से प्रभुत्व टपक रहा था।

"प्रौढ़ व्यक्ति बड़े विचित्र होते हैं !" अपनी यात्रा के दौरान छोटे राजकुमार ने मन-ही-मन में कहा।

ग्यारह

दूसरे उपग्रह में एक घमंडी रहता था।

"अरे, वाह ! यहाँ किसी प्रशंसक का आगमन हो रहा है।"

छोटे राजकुमार को देखते ही घमंडी दूर से ही पुकार उठा।

क्योंकि घमंडियों के लिए दूसरे सभी लोग प्रशंसक ही होते हैं।

"नमस्ते !" छोटे राजकुमार ने कहा–"आपका हैट बहुत विचित्र है।"

"हाँ, यह दूसरों का अभिवादन करने के लिए है," घमंडी ने उत्तर दिया। "जब लोग मेरा अभिवादन करते हैं, तो इससे मैं उनका अभिवादन करता हूँ। पर दुर्भाग्य से यहाँ कभी कोई आता डी नहीं।"

"अच्छा ?" छोटे राजकुमार ने कहा। वह कुछ भी समझ नहीं पा रहा था।

"एक हाथ को दूसरे हाथ से बजाओ तो ज़रा !" घमंडी ने उसे

सलाह दी।

छोटे राजकुमार ने अपने एक हाथ को दूसरे हाथ से बजाया तो घमंडी ने अपने हैट को उठाकर विनयपूर्वक उसका अभिवादन किया।

"आरे, राजा से हुई भेंट की तुलना में यह अधिक मनोरंजक है।" छोटे राजकुमार ने मन-ही-मन सोचा और उसने अपने हाथों को फिर से बजाना शुरू कर दिया। उधर घमंडी फिर से बार-बार अपना हैट उठाकर उसका अभिवादन करने लगा।

इस अभ्यास के पाँच मिनट बाद छोटा राजकुमार इस खेल की एकरसता से ऊब गया।

"और हैट गिर जाए, तो इसके लिए क्या करना चाहिए ?" उसने पूछा।

पर उस घमंडी ने इसे नहीं सुना घमंडी प्रशंसाओं के अतिरिक्त और कुछ नहीं सुनते।

"क्या तू वास्तव में मेरी बहुत सराहना करता है ?" उसने छोटे राजकुमार से पूछा।

"सराहना करने का क्या मतलब है ?"

"सराहना करने का मतलब यह मानना है कि मैं इस उपग्रह का सबसे सुंदर, सबसे अच्छे कपड़े पहननेवाला, सबसे अधिक अमीर और सबसे अधिक बुद्धिमान व्यक्ति हूँ।"

"पर इस सारे उपग्रह में तुम अकेले ही तो हो !"

"ज़रा मुझे खुश कर दे, जैसे भी हो मेरी सराहना कर दे।"

"मैं तुम्हें सराहता हूँ।" अपने कंधे उचकाते हुए छोटे राजकुमार ने कहा, "पर इससे तुम्हें क्या लाभ ?"

और छोटा राजकुमार वहाँ से भाग निकला।

"प्रौढ़ व्यक्ति, वास्तव में बहुत विचित्र होते हैं"–अपनी यात्रा के दौरान उसने अपने मन ही मन में कहा।

बारह

इससे अगले उपग्रह में एक शराबी रहता था। यहाँ छोटा राजकुमार बहुत कम समय के लिए ठहरा। फिए भी वह एक गहरे दुख में डूब गया।

"तुम यहाँ क्या करते हो ?" उसने शराबी से पूछा, जो वहाँ कुछ खाली और कुछ भरी हुई बोतलों के ढेर के सामने चुप्पी साधे जमा हुआ था।

"मैं पीता हूँ।" शराबी ने दुःखपूर्ण ढंग से उत्तर दिया।

"तुम पीते क्यों हो ?" छोटे राजकुमार ने पूछा।

"भूलने के लिए !" शराबी ने उत्तर दिया।

"क्या भूलने के लिए ?" छोटे राजकुमार को अभी से उस पर तरस आने लगा था, उसने जानना चाहा।

"यह भूलने के लिए कि मैं लज्जित हूँ।" सिर झुकाते हुए शराबी ने स्वीकार किया।

"लज्जित क्यों हो ?" छोटे राजकुमार ने जानना चाहा, क्योंकि वह उसकी सहायता करना चाहता था।

"पीने से।" अंत में शराबी ने कहा और वह सदा के लिए मौन में खो गया।

और बेचैन होकर छोटा राजकुमार वहाँ से भाग गया।

"प्रौढ़ व्यक्ति वास्तव में बहुत ही विचित्र होते हैं। अपनी यात्रा के दौरान उसने अपने मन ही मन में कहा।

तेरह

चौथा उपग्रह एक व्यापारी का था। वह इतना व्यस्त था कि छोटे राजकुमार के आने पर उसने अपना सिर तक न उठाया।

"नमस्ते !" उसने उससे कहा, "तुम्हारी सिगरेट बुझ गई है।"

"तीन और दो पाँच। पाँच और सात बारह। बारह और तीन पन्द्रह। नमस्ते। पन्द्रह और सात बाईस। बाईस और छ: अट्ठाईस। उसे फिर से जलाने का मेरे पास समय नहीं। छब्बीस और पाँच इकतीस। उफ़ ! कुल मिलाकर पचास करोड़ सोलह लाख बाईस हज़ार सात सौ इकतीस हुए।"

"पचास करोड़ क्या ?"

"हैं ? अरे, तू अभी यहीं है ? पचास करोड़...क्या ? मुझे ध्यान नहीं आता...मुझे इतना काम है ! मैं...मैं गंभीर व्यक्ति हूँ न, मुझे बेकार की बातों से कोई दिलचस्पी नहीं। दो और पाँच सात... "

"पचास करोड़ क्या ?" छोटे राजकुमार ने, जिसने अपने सारे जीवन में एक बार कोई प्रश्न उठाने के बाद फिर कभी उसे छोड़ा नहीं था, फिर से पूछा।

व्यापारी ने सिर ऊपर किया–

"मैं इस उपग्रह में चौवन साल से रह रहा हूँ और इस बीच केवल तीन बार मेरी शांति भंग हुई। पहली बार, बाईस साल हुए,

जबकि एक पंख वाला भगवान न जाने कहाँ से आकर यहाँ गिर गया। वह भयानक शोर मचा रहा था ओर एक जोड़ में मैं चार बार गलती कर बैठा।

दूसरी बार, ऐसा तब हुआ जब कोई ग्यारह साल बीते मुझे गठिया की पीड़ा ने धर दबाया। मैं व्यायाम जो नहीं करता था।

इधर-उधर घूमने का मेरे पास समय ही नहीं। मैं...मैं तो गंभीर व्यक्ति हूँ न।

तीसरी बार...अब ! हाँ, तो मैं कह रहा था, पचास करोड़...।"

"काहे के करोड़ ?"

व्यापारी समझ गया कि अब शांति की रत्ती भर भी आशा नहीं थी–

"इन छोटी-छोटी चीज़ों के कई करोड़, जो कभी-कभी आकाश में दीखती हैं, और क्या ?"

"इन मक्खियों के ?"

"अरे, नहीं, ये छोटी-छोटी चीज़ें जो चमकती हैं।"

"शहद की मक्खियों के ?"

"अरे, नहीं भाई ! ये छोटी-छोटी सुनहरी चीज़ें जो कामचोरों को सपनों में डुबा देती हैं। मैं, ... मैं तो गंभीर हूँ न, मेरे पास सपनों में मगन रहने का समय नहीं।"

"ओहो ! ये तारे तो नहीं ?"

"हाँ, बिल्कुल ठीक कहा। ये तारे ही हैं।"

"पर इन पचास करोड़ तारों का तुम करते क्या हो ?"

"पचास करोड़ सोलह लाख बाईस हज़ार सात सौ इक्कीस। मैं गंभीर आदमी हूँ और नपी-तुली बात करता हूँ।"

"तो इन तारों का तुम करते क्या हो ?"

"इनका मैं क्या करता हूँ ?"

"हाँ !"

"कुछ नहीं मैं इनका मालिक हूँ।"

"तुम तारों के मालिक हो ?"

"हाँ !"

"पर मेरी एक राजा से भेंट हुई थी वह...।"

"राजा मालिक नहीं होते। वे 'राज' करते हैं। यह बात बहुत भिन्न है।"

"ओर तारों का मालिक होना तुम्हारे किस काम का ?"

"यह मेरे अमीर बनने के काम आता है ?"

"और अमीर बनना तुम्हारे किस काम आता है ?"

"तारे ख़रीदने के, अगर कोई उन्हें ढूँढ़ ले।"

"यह कुछ शराबी की तरह तर्क करता है।" छोटे राजकुमार ने मन-ही-मन में कहा।

फिर भी उसने और प्रश्न किए–

"तारों का मालिक कैसे बना जाता है ?"

"वे किसके हैं ?" झुककर व्यापारी ने बजाय उत्तर देने के प्रश्न किया।

"मैं नहीं जानता। किसी के भी नहीं।"

"तो फिर वे मेरे हैं, क्योंकि मैंने सबसे पहले इस बारे में सोचा है।"

"तो इतना काफ़ी है ?"

"निश्चय ही। अगर तुझे एक ऐसा हीरा मिल जाए, जिसका कोई मालिक नहीं, तो वह तेरा है। अगर तुझे एक ऐसा द्वीप मिल जाए, जिसका कोई मालिक न हो तो वह तेरा है। अगर कोई योजना तुझे सबसे पहले सूझे, तो तू उस पर एकाधिकार प्राप्त कर सकता है। वह तेरी ही तो है; और मैं तारों का मालिक हूँ, क्योंकि मुझसे पहले किसी ने भी उनका मालिक बनने के बारे में सोचा ही नहीं।"

"हाँ, यह तो ठीक है," छोटे राजकुमार ने कहा, "पर इनका तुम करते क्या हो ?"

"मैं उनका संचालन करता हूँ। मैं उनको गिनता हूँ, और बार-बार गिनता हूँ," व्यापारी ने कहा, "यह मुश्किल ज़रूर है, पर मैं तो गंभीर व्यक्ति हूँ न !"

छोटा राजकुमार अभी भी संतुष्ट न हो पाया था।

"मुझे देखो, अगर मेरे पास एक गुलूबंद हो, तो मैं उससे गला ढक सकता हूँ और उसे अपने साथ ले जा सकता हूँ। अगर मेरे पास

एक फूल है तो मैं उसे तोड़ सकता हूँ और अपने साथ ले जा सकता हूँ।
पर तुम तारों को तोड़ तो नहीं सकते !"

"नहीं, पर मैं उन्हें बैंक में जमा कर सकता हूँ।"

"इसका मतलब क्या है ?"

"इसका मतलब है कि मैं अपने तारों की संख्या छोटे से काग़ज़ पर लिखता हूँ और फिर इस काग़ज़ को एक दराज़ में रखकर ताला लगा देता हूँ।"

"बस, इतना ही ?"

"यह पर्याप्त है !"

"बड़ी मनोरंजक बात है यह", छोटे राजकुमार ने सोचा, "काफ़ी काव्यमय भी है, पर बहुत गंभीर नहीं।"

गंभीर विषयों पर छोटे राजकुमार के विचार प्रौढ़ व्यक्तियों के विचारों की तुलना में बहुत भिन्न थे।

"मुझे देखो," उसने फिर कहा, "मेरे पास एक फूल का पौधा है, जिसे मैं प्रतिदिन सींचता हूँ। मेरे पास तीन ज्वालामुखियाँ हैं, जिन्हें मैं प्रति सप्ताह साफ़ करता हूँ। मैं उस ज्वालामुखी की सफ़ाई भी करता हूँ, जो अब शांत है। कौन जाने कि कब क्या हो जाए ! मेरी ज्वालामुखियों और मेरे फूल के लिए यह लाभदायक है कि मैं उनका स्वामी हूँ, पर तारों को तुमसे कोई लाभ नहीं...।"

व्यापारी ने मुँह खोला, पर कोई उत्तर न दे सका और छोटा राजकुमार वहाँ से भाग गया।

"प्रौढ़ व्यक्ति बिलकुल असाधारण होते हैं," अपनी-यात्रा के दौरान उसने मन-ही-मन केवल इतना ही कहा।

चौदह

पाँचवाँ उपग्रह बहुत ही विचित्र था। वह सबसे छोटा था। वहाँ पर केवल एक बत्ती के खंभे और उसको जलाने वाले को रखने-भर की जगह थी। छोटा राजकुमार यह नहीं समझ पा रहा था कि आकाश के किसी भाग में स्थित, बिना मकान व बिना जनता वाले एक उपग्रह में एक बत्ती का खंभा और उसको जलाने वाला किस काम आ सकते थे, फिर भी उसने अपने मन में कहा–

"हो सकता है कि यह आदमी बेतुका है, फिर भी यह राजा, घमंडी व्यापारी तथा शराबी की तुलना में कम बेतुका है। कम-से-कम उसके काम का कुछ तो अर्थ है। जब वह खंभे की बत्ती को जलाता है, तो ऐसा लगता है, मानो वह एक और तारे को या एक और फूल को जन्म दे रहा हो। जब वह अपने खंभे की बत्ती को बुझाता है, तो ऐसा लगता है, मानो वह फूल को या तारे को सुला रहा हो। यह बहुत ही रोचक धंधा है, और सचमुच यह धंधा सार्थक इसलिए है कि यह रोचक भी है।"

जब वह उपग्रह के समीप पहुँचा, तो उसने खंभे की बत्ती को जलाने वाले का सादर अभिवादन किया–

"नमस्ते, तुमने खंभे की बत्ती को अभी-अभी क्यों बुझाया?"

"ऐसा नियम है," खंभे की बत्ती को जलाने वाले ने उत्तर दिया, "नमस्ते।"

"नियम क्या है ?"

"खंभे की बत्ती को बुझाना, शुभ रात्रि।"

और उसने बत्ती को फिर जलाया।

"तो अब इस बत्ती को फिर क्यों जलाते हो?"

"ऐसा नियम है," खंभे की बत्ती को जलानेवाले ने उत्तर दिया।

"मैं समझा नहीं," छोटे राजकुमार ने कहा।

"इसमें समझना क्या हे ?" खंभे की बत्ती जलाने वाले ने कहा। "नियम नियम है, नमस्ते।"

और उसने बत्ती को बुझा दिया।

फिर उसने लाल चौख़ाने के रूमाल से अपना माथा पोंछा।

"आजकल मैं एक कष्टदायी धंधा कर रहा हूँ। पहले यह तर्क के अनुकूल था। सुबह बत्ती बुझाता था और शाम को जलाता था। बाक़ी सारा दिन मेरे आराम करने के लिए रहता और बाकी सारी रात सोने के लिए...।"

"तो अब क्या नियम बदल गया है?"

"नियम थोड़े ही बदला है," बत्ती जलानेवाले ने कहा, "यही तो तमाशा है। उपग्रह प्रतिवर्ष अधिक-से-अधिक वेग से घूमता जाता है; और नियम बदला नहीं है !"

"तो फिर?" छोटे राजकुमार ने पूछा।

"बात यह है कि अब, जबकि उपग्रह के एक मिनट में एक चक्कर काटने से मेरे पास आराम करने के लिए एक सेकंड भी नहीं है, में हर मिनट बत्ती जलाता हूँ और बत्ती बुझाता हूँ।'

"बड़े मज़े की बात है। तो तुम्हारे यहाँ दिन बस एक मिनट-भर के होते हैं !"

"यह बड़े मज़े की बात बिल्कुल नहीं।" बत्ती जलानेवाले ने कहा, "जानते हो कि आपस में बातें करते हमें एक महीना हो चुका है !"

"एक महीना?"

"हाँ, तीस मिनट। तीस दिन, शुभरात्रि।"

मेरा यह व्यवसाय एक ख़तरनाक काम बन गया है।

और उसने बत्ती का खंभा फिर रोशन कर दिया।

छोटे राजकुमार ने उसे देखा। यह बत्ती जलानेवाला उसे बहुत पसंद आया, क्योंकि वह अपने नियम का पालन करने में कर्तव्यपरायण था। उसे उन सूर्यास्तों की याद आई, जो पहले वह स्वयं कुर्सी खींचकर, ढूँढ़ता फिरता था।

उसने अपने मित्र की सहायता करनी चाही–

"अरे देखो... मैं एक ऐसा उपाय जानता हूँ कि तुम जब चाहो आराम कर सकोगे..."

"बता तो ज़रा !" बत्ती जलाने वाले ने कहा।

"क्योंकि कोई भी व्यक्ति इस प्रकार एक ही साथ कर्तव्यपरायण और आलसी हो सकता है।"

और छोटा राजकुमार कहता गया–

"तुम्हारा उपग्रह इतना छोटा है कि तुम तीन डगों में ही इसका चक्कर काट सकते हो। बस, तुम्हें इतने धीरे चलना है कि धूप सदा तुम पर रहे ओर चलना तभी जबकि तुम आराम करना चाहो। जितना तुम चाहोगे, दिन उतना ही लंबा हो जाएगा।"

"पर इससे मुझे विशेष लाभ नहीं।" बत्ती जलानेवाले ने कहा, "जीवन में जो चीज़ मुझे पसंद है, वह है सोना।"

"दुर्भाग्य है !" छोटे राजकुमार ने कहा।

"दुर्भाग्य ही तो है," बत्ती जलाने वाले ने कहा, "नमस्ते !"

और उसने अपने खंभे की बत्ती बुझा दी।

"अजीब है यह व्यक्ति !" अपनी यात्रा जारी रखते हुए छोटे राजकुमार ने अपने मन-ही-मन में कहा, "राजा, घमंडी, शराबी, व्यापारी, सब लोग इस व्यक्ति की अवहेलना करेंगे, अगरचे यही एक ऐसा व्यक्ति है, जो मुझे बेतुका नहीं लगता। इसलिए कि वह अपने अतिरिक्त अन्य कार्य में व्यस्त है।"

उसने दुःख भरी लंबी साँस ली और अपने मन में कहा–"बस, यही एक ऐसा व्यक्ति है, जिसे मैं अपना मित्र बना सकता था, पर

इसका उपग्रह वास्तव में बहुत ही छोटा है। यहाँ पर दो व्यक्तियों के लिए जगह नहीं...।"

वास्तव में छोटे राजकुमार में यह स्वीकार करने का साहस न था कि इस मंगलपूर्ण उपग्रह को छोड़ने का सबसे अधिक दुःख चौबीस घंटों में होनेवाले एक हज़ार चार सौ चालीस सूर्यास्तों के कारण था।

पंद्रह

छठा उपग्रह इससे दस गुना विशाल था। वहाँ पर एक महाशय रहते थे, जो बड़े-बड़े ग्रंथ लिखा करते थे।

"लो ! यह तो कोई गवेषक है !" छोटे राजकुमार को देखते ही वह पुकार उठा।

छोटा राजकुमार मेज़ पर बैठ गया और थोड़ा सुस्ताया। वह इतनी लम्बी यात्रा जो कर चुका था !

"तुम कहाँ से आ रहे हो?" वृद्ध महाशय ने उससे पूछा।

"यह मोटा ग्रंथ क्या है?" छोटे राजकुमार ने पूछा, "आप यहाँ क्या करते हैं ?"

"मैं भूगोलशास्त्री हूँ।" वृद्ध महाशय ने कहा।

"भूगोलशास्त्री कौन होता है ?"

"यह ऐसा विद्वान् होता है, जो यह जानता हो कि समुद्र, नदियाँ, नगर, पर्वत और मरुभूमियाँ कहाँ-कहाँ स्थित हैं।"

"यह सब बहुत रोचक है।" छोटे राजकुमार ने कहा।

"आख़िर यह तो एक असली पेशा हुआ !" और उसने भूगोलशास्त्री के उपग्रह में चारों ओर अपनी निगाह दौड़ायी। उसने ऐसा भव्य उपग्रह अभी तक नहीं देखा था।

"आपका उपग्रह वास्तव में सुंदर है, क्या यहाँ पर महासागर हैं?"

"मैं यह नहीं जान सकता।" भूगोलशास्त्री ने कहा।

"आह !" छोटा राजकुमार हताश हो गया, "और पर्वत ?"
"मैं यह नहीं जान सकता।" भूगोलशास्त्री ने कहा।
"और नगर, नदियाँ व मरुभूमि?"
"मैं यह भी नहीं जान सकता।" भूगोलशास्त्री ने कहा।
"पर आप तो भूगोलशास्त्री हैं?"

"बैल्कुल ठीक," भूगोलशास्त्री ने कहा, "पर मैं गवेषक नहीं, यहाँ गवेषकों की बेहद कमी है। भूगोलशास्त्री नगरों, नदियों, पर्वतों, समुद्रों, महासागरों और मरुभूमियों का हिसाब थोड़े ही रखता है। भूगोलशास्त्री इधर-उधर भटकते फिरने से ऊपर है। वह अपना दफ़्तर कभी नहीं छोड़ता, वहाँ वह गवेषकों का स्वागत करता है। वह उनसे प्रश्न करता है और उनके स्मरणों को नोट करता है; और यदि उनमें से किसी के स्मरण उसे रोचक लगते हैं, तो भूगोलशास्त्री गवेषक के

आचरण की जाँच-पड़ताल कराता है।"

"यह क्यों?"

"क्योंकि यदि कोई गवेषक झूठ बोले, तो भूगोल के ग्रंथों में अनर्थ हो सकते हैं और यदि गवेषक शराब पिये तो भी।"

"यह क्यों ?" छोटे राजकुमार ने पूछा।

"क्योंकि शराबियों को एक की बजाए दो-दो चीज़ें दिखाई देती हैं। इस परिस्थिति में भूगोलशास्त्री एक के स्थान पर दो पर्वत नोट कर लेगा।"

"मैं एक ऐसे व्यक्ति को जानता हूँ," छोटे राजकुमार ने कहा, "जो बुरा गवेषक सिद्ध होगा।"

"संभव है। अतएव जब गवेषक का आचरण ठीक दिखाई देता है, तो उसके अन्वेषण की जाँच-पड़ताल की जाती है।"

"तो उसे देखने जाते हैं क्या ?"

"नहीं, इसमें तो बहुत झमेला है, पर गवेषक से प्रमाण प्रस्तुत करने को कहा जाता है। उदाहरण के लिए मानो उसने किसी विशाल पर्वत की खोज की हो, तो उससे कहा जाता है कि वह वहाँ से बड़े-बड़े पत्थर लाए।"

भूगोलशास्त्री अचानक भावुक हो उठा।

"पर तुम, तुम तो दूर से आए हो ! तुम गवेषक हो। तुम अपने उपग्रह का विवरण मुझे दो !"

इस पर, भूगोलशास्त्री ने अपना रजिस्टर खोलते हुए, अपनी पेंसिल तराशी। गवेषकों के विवरण पहले पेंसिल से नोट किए जाते हैं; और स्याही से नोट करने से पहले यह इंतज़ार किया जाता है कि गवेषक प्रमाण प्रस्तुत करे।

"हाँ तो?" भूगोलशास्त्री ने पूछा।

"ओह ! मेरा घर," छोटे राजकुमार ने कहा, "बहुत रोचक नहीं है, बहुत छोटा है। मेरे पास तीन ज्वालामुखियाँ हैं, दो प्रज्वलित हैं और एक शांत है, पर कुछ कहा नहीं जा सकता।"

"कहा नहीं जा सकता !" भूगोलशास्त्री ने कहा।

"मेरे यहाँ एक फूल भी है।"

"हम फूलों को नोट नहीं करते।" भूगोलशास्त्री ने कहा।

"यह क्यों? यह भी खूब रही !"

"क्योंकि फूल क्षणभंगुर होते हैं।'

"क्षणभंगुरी का मतलब क्या है?"

"भूगोल के ग्रंथ," भूगोलशास्त्री ने कहा, "सारे ग्रन्थों की तुलना में अत्यधिक मूल्यवान होते हैं। वह कभी भी पुराने नहीं होते। यह बिरले ही होता है कि पर्वत अपने स्थान को बदलें। यह बिरले ही होता है कि महासागर का जल सूख जाए। हम शाश्वत बातें लिखते हैं।"

"पर शांत ज्वालामुखी फिर से भड़क सकता हे," छोटे राजकुमार ने टोका, "क्षणभंगुर से मतलब क्या है ?"

"चाहे ज्वालामुखियाँ शांत हों अथवा प्रज्वलित, हम लोगों के लिए यह सब बराबर है।" भूगोलशास्त्री ने कहा, "हमारे लिए जो आवश्यक है, वे हैं पर्वत। वे बदलते नहीं।"

"पर क्षणभंगुर से मतलब क्या है?" छोटे राजकुमार ने फिर पूछा, क्योंकि अपने जीवन में एक बार प्रश्न उठाने के पश्चात् वह उसे छोड़ता कभी नहीं था।

"इसका अर्थ है–जिसे क्षण-भर में नष्ट हो जाने का जोखिम है।"

"मेरे फूल को क्षण-भर में नष्ट हो जाने का जोखिम है?"

"निश्चय ही !"

"मेरा फूल क्षणभंगुर है," छोटे राजकुमार ने मन में कहा, "और विश्वभर से अपनी रक्षा करने के लिए उसके पास केवल चार काँटे हैं। और मैं हूँ कि मैंने उसे अपने यहाँ अकेला छोड़ रखा है !"

इस प्रकार उसके अफ़सोस का यह पहला आवेग था। पर उसने साहस बटोरा और, "आप मुझे कहाँ जाने की सलाह देंगे ?" उसने

पूछा।

"पृथ्वी ग्रह में," भूगोलशास्त्री ने उत्तर दिया, "उसकी अच्छी ख्याति है...।" और छोटा राजकुमार अपने फूल के बारे में सोचते हुए वहाँ से भाग निकला।

सोलह

इस प्रकार यह उसका सातवाँ उपग्रह था पृथ्वी।

पृथ्वी कोई ऐसा-बैसा उपग्रह नहीं। निश्चय ही अफ़्रीकी राजाओं को ध्यान में रखते हुए वहाँ एक सौ ग्यारह राजा, सात हज़ार भूगोलशास्त्री, नौ लाख व्यापारी, पचहत्तर लाख शराबी, इकतीस करोड़ दस लाख घमंडी, बल्कि कहना चाहिए लगभग दो अरब प्रौढ़ व्यक्ति हैं।

पृथ्वी की विशालता का अनुमान कराने के लिए मैं कहूँगा कि बिजली के आविष्कार से पहले, छः महाद्वीपों के समूह के लिए, वास्तव में चार लाख बासठ हज़ार पाँच सौ ग्यारह खंभों की बत्ती जलाने वालों की एक पूरी फ़ौज रखना आवश्यक था।

दूर से देखने पर यह सब कुछ बहुत शानदार होता है। इस फ़ौज की गतिविधि ओपेरा के नृत्य की तरह नियंत्रित थी। सबसे पहले न्यूज़ीलैण्ड और आस्ट्रेलिया के बत्ती जलानेवालों की बारी आती। फिर बत्तियाँ जला चुकने के बाद ये सोने चले जाते थे।

तब अपनी बारी पर चीन और साइबेरिया के बत्ती जलानेवाले नृत्य करते, फिर ये भी नेपथ्य की ओर खिसक जाते। इसके बाद, रूस और भारत के बत्ती जलानेवालों की बारी आती, फिर अफ़्रीका और यूरोपवालों की, फिर दक्षिण अमरीका वालों की, फिर उत्तरी अमरीका वालों की; और रंगमंच पर प्रवेश करने के क्रम में ये कभी भी कोई ग़लती नहीं करते।

यह दृश्य भव्य था।

केवल उत्तरी ध्रुव का बत्ती जलानेवाला और उसका साथी दक्षिणी ध्रुव का बत्ती जलानेवाला अकर्मण्यता और निश्चिंतता का जीवन बिताते थे। वे साल में दो बार काम करते थे।

सत्रह

जब कोई अपनी वाक् चतुराई दिखाना चाहता है, तो उसे थोड़े झूठ बोलना ही पड़ जाता है। बत्ती जलानेवालों की चर्चा करते मैंने कोई बहुत ईमानदारी नहीं बरती। अपने उपग्रह से अनजान लोगों के सामने कदाचित् मैंने उसका अवास्तविक चित्र प्रस्तुत किया है। पृथ्वी पर मनुष्य बहुत ही कम जगह घेरते हैं। यदि दो अरब मनुष्य, जो पृथ्वी पर रहते हैं, कुछ सटकर खड़े हों, जैसे एक मीटिंग में, तो आसानी से वे बीस मील लम्बे और बीस मील चौड़े सार्वजनिक चौक में समा जाएँगे। सारी मानवता को प्रशांत महासागर के एक छोटे से द्वीप पर ही समाया जा सकता है।

निश्चय ही प्रौढ़ व्यक्ति इस पर विश्वास नहीं करेंगे। उनकी कल्पना के अनुसार वे बहुत जगह ले लेते हैं। गोरक्षी वृक्ष की तरह ही वे अपने को बहुत महत्त्वपूर्ण मानते हैं। इसीलिए उन्हें परामर्श देना चाहिए कि वे हिसाब लगा लें। संख्याओं में श्रद्धा होने के कारण उन्हें यह बहुत पसंद आएगा, पर इस समस्या को सुलझाने में अपना समय नष्ट नहीं करना चाहिए। यह निरर्थक रहेगा। आपको तो मुझ पर विश्वास है न।

छोटा राजकुमार जब एक बार पृथ्वी पर आ पहुँचा, तो वहाँ किसी भी व्यक्ति को न पाकर बहुत आश्चर्यचकित हुआ। इस उपग्रह के विषय में धोखा खा जाने का भय तक उसे सताने लगा था।

तभी चाँद के रंग का एक चक्र रेत में हिला।

"नमस्ते !" छोटे राजकुमार ने यूँ ही कहा।

"नमस्ते !" नाग ने कहा।

"मैं किस उपग्रह पर आ उतरा हूँ?" छोटे राजकुमार ने पूछा।

"पृथ्वी पर, अफ्रीका में।" नाग ने उत्तर दिया।

"ओहो ! तो फिर पृथ्वी पर कोई भी व्यक्ति नहीं है ?"

"यहाँ तो मरुभूमि है। मरुभूमि में कोई नहीं रहता। पृथ्वी विशाल है।" नाग ने कहा।

छोटा राजकुमार एक पत्थर पर बैठ गया। उसने अपनी आँखें आकाश की ओर उठाईं।

"मैं पूछता हूँ," उसने कहा, "कि क्या तारे इसलिए चमकते हैं कि हर कोई अपने तारे को एक न एक दिन ढूँढ़ ले। देखो, मेरा उपग्रह। वह ठीक हमारे ऊपर है...पर वह है कितनी अधिक दूर !"

"वह बहुत सुंदर है," नाग ने कहा, "तुम यहाँ क्या करने आए हो।"

"मैं एक फूल की वजह से मुश्किल में पड़ गया हूँ।" छोटे राजकुमार ने कहा।

"ओ हो !" नाग ने कहा और वे दोनों चुप हो गए।

"मनुष्य कहाँ हैं ?" अंत में छोटे राजकुमार ने फिर शुरू किया, "मरुभूमि में हम कुछ अकेले पड़ रहे हैं...।"

"अकेले तो मनुष्यों के घर में भी होते हैं।" नाग ने कहा।

छोटे राजकुमार ने उसे काफ़ा देर तक देखा–

"तुम विचित्र प्रकार के जीव हो," अंत में उसने कहा, "उँगली की तरह पतले...।"

"पर मैं राजा की उँगली से भी अधिक शक्तिशाली हूँ।" नाग ने कहा।

छोटा राजकुमार कुछ मुस्कुराया–

"तुम विशेष शक्तिशाली तो हो नहीं... तुम्हारे पंजे तक तो नहीं ...तुम यात्रा तक तो कर नहीं सकते...।"

"मैं तुम्हें किसी जहाज़ से भी अधिक दूर ले जा सकता हूँ..." नाग ने कहा।

और वह सोने के कड़े की तरह छोटे राजकुमार के टख़ने पर लिपट गया–

"मैं जिसे भी छूता हूँ, उसे जिस पृथ्वी से वह निकला है, उसी पृथ्वी पर लौटा देता हूँ," उसने कहा, "पर तुम तो पवित्र हो और एक उपग्रह से आए हो...।"

छोटे राजकुमार ने कोई उत्तर नहीं दिया।

"तुम पर मुझे तरस आता है, ग्रैनाइट जैसी यह कठोर पृथ्वी और इतने दुर्बल तुम। यदि तुम्हें अपना उपग्रह छोड़ने का बहुत दुख हो, तो मैं एक रोज़ तुम्हारी सहायता कर सकता हूँ। मैं ...।"

"हाँ-हाँ, मैं सब समझ गया," छोटे राजकुमार ने कहा, "पर तुम हमेशा पहेलियों में क्यों बातें करते हो ?"

"मैं सब पहेलियाँ सुलझाता भी हूँ।" नाग ने कहा और वे दोनों चुप हो गए।

बड़े मजेदार जीव लग रहे हो तुम...बेर जितने भी मोटे नहीं हो !

अठारह

छोटे राजकुमार ने सारी मरुभूमि पार कर ली और उसे एक फूल ल ही मिला। तीन पंखुड़ियों वाला फूल, एक बहुत ही साधारण फूल ...

"नमस्ते !" छोटे राजकुमार ने कहा।

"नमस्ते !" फूल ने कहा।

"मनुष्य कहाँ हैं ?" छोटे राजकुमार ने बड़े शिष्टाचार से पूछा।

फूल ने एक रोज़ एक कारवाँ गुज़रते देखा था।

"मनुष्य ? मैं सोचता हूँ यहाँ कोई छः या सात मनुष्य हैं। बहुत वर्ष हुए तब मैंने उन्हें देखा था, पर पता नहीं अब वे कहाँ हैं। हवा उनको घुमाती फिराती है। उनके जड़ें नहीं होतीं और इससे उन्हें बहुत कष्ट होता है।"

"अलविदा !" छोटे राजकुमार ने कहा।

"अलविदा !" फूल बोला।

उन्नीस

छोटा राजकुमार एक ऊँचे पर्वत पर चढ़ गया। उसने अपने जीवन में तीन ज्वालामुखी पर्वतों को ही जाना था, जो उसके घुटनों तक आते थे। शांत ज्वालामुखी का वह चौकी की तरह

प्रयोग करता था। "इस जैसे ऊँचे पर्वत से," उसने सोचा, "मैं एक बार में हो सारा उपग्रह और सारे मनुष्य देख सकूँगा।" पर वास्तव में वह

चट्टानों के बहुत नुकीले शिखरों के अतिरिक्त और कुछ नहीं देख पाया।

"नमस्ते !" उसने यूँ ही कहा।

"नमस्ते... ! नमस्ते... ! नमस्ते !" प्रतिध्वनि ने उत्तर दिया।

"तुम कौन हो ?" छोटे राजकुमार ने कहा।

"तुम कौन हो... ! तुम कोन हो... ! तुम कौन हो !" प्रतिध्वनि ने उत्तर दिया।

"मेरे मित्र बन जाओ, मैं अकेला हूँ।'" उसने कहा।

"मैं अकेला हूँ...। मैं अकेला हूँ... ! मैं अकेला हूँ... !" प्रतिध्वनि ने उत्तर दिया।

"विचित्र उपग्रह है यह !" उसने सोचा, "यह एकदम सूखा है। एकदम नुकीला है, एकदम खारा है। यहाँ मनुष्यों में कल्पना शक्ति का अभाव है। उनसे जो कुछ कहा जाता है, उसे वे दोहरा देते हें... मेरे यहाँ एक फूल था। बोलने में वह सदैव पहल करता था...।"

बीस

मगर एक बार कुछ ऐसा हुआ कि मरुभूमियाँ, चट्टानें और बर्फ पार करके, बहुत समय तक चलने के बाद छोटे राजकुमार ने एक रास्ता ढूँढ़ निकाला; और रास्ते तो सारे के सारे मनुष्यों की दिशा में ही जाते हैं।

"नमस्ते !" उसने कहा।

वहाँ खिले हुए गुलाब के फूलों का बग़ीचा था।

"नमस्ते !" गुलाब के फूलों ने कहा।

छोटे राजकुमार ने उन्हें निहारा। वे सब-के-सब उसके फूल से मिलते-जुलते थे।

"तुम कौन हो?" बड़े अचरज से उसने पूछा।

"हम गुलाब के फूल हैं।" फूलों ने कहा।

"ओहो !" छोटे राजकुमार ने कहा।

और उसने अपार दुःख का अनुभव किया। उसके फूल ने उसे बताया था कि विश्व-भर में वह अपनी जाति का अकेला फूल था और यहाँ पाँच हज़ार फूल थे, सब एक जैसे और केवल एक बग़ीचे में !

"यदि मेरा फूल यह देख ले तो काफ़ी परेशानी होगी उसे !" उसने मन में कहा–"वह खूब खाँसेगा और उपहास से बचने के लिए मरने का दिखावा करेगा और मुझे उसकी देख-भाल करने का दिखावा करने के लिए मजबूर होना पड़ेगा, नहीं तो मुझे भी नीचा दिखाने के लिए वह अपने को वास्तव में मर जाने देगा... !"

यह ग्रह एकदम रूखा और नुकीली पहाड़ियों वाला है।

इसके बाद उसने फिर भी अपने आप से कहा–"एक अनोखे फूल के कारण मैं अपने-आप को समृद्ध समझता था। वास्तव में मेरे पास केवल एक मामूली गुलाब है। उससे और अपनी तीन ज्वालामुखियों से, जो मेरे घुटनों तक आती हैं और जिनमें से एक कदाचित् सदा के लिए शांत हो गई है, इन सबसे मैं कोई बड़ा राजकुमार तो नहीं बन जाता...।" और घास पर लेटा वह रोने लगा।

इक्कीस

तभी वहाँ पर एक लोमड़ी आ पहुँची।

"नमस्ते !" लोमड़ी ने कहा।

"नमस्ते !" छोटे राजकुमार ने शिष्टतापूर्वक कहा। वह घूम गया, पर कुछ नज़र नहीं आया।

"मैं यहाँ हूँ, सेब के पेड़ के नीचे !" आवाज़ आई।

"तुम कौन हो ?" छोटे राजकुमार ने कहा, "तुम तो बहुत सुंदर हो... !"

"मैं लोमड़ी हूँ !" लोमड़ी ने कहा।

"आओ, मेरे साथ खेलने आओ !" छोटे राजकुमार ने प्रस्ताव किया, "मैं इतना उदास हूँ...!"

"मैं तुम्हारे साथ नहीं खेल सकती," लोमड़ी ने कहा, "मैं पालतू नहीं हूँ।"

"ओह, क्षमा करना !" छोटे राजकुमार ने कहा।

पर कुछ सोच-विचार के बाद उसने कहा।

"पालतू का क्या अर्थ होता है ?"

"तुम तो यहाँ के हो नहीं," लोमड़ी ने कहा, "यहाँ तुम क्या खोज रहे हो ?"

"मैं मनुष्यों को खोज रहा हूँ." छोटे राजकुमार ने कहा, "पालतू का क्या अर्थ होता है ?"

"मनुष्यों को ! उनके पास बन्दूकें होती हैं और वे शिकार करते

रहते हैं !" लोमड़ी ने कहा, "यह बड़ा झंझट है ! वे मुर्ग़ियाँ भी पालते हैं। बस, उनकी दिलचस्पी इसी में है। तुम मुर्ग़ियाँ खोज रहे हो क्या?"

"नहीं," छोटे राजकुमार ने कहा, "मैं मित्र ढूँढ़ रहा हूँ। पालतू का क्या अर्थ है ?"

"यह बात बिल्कुल भूली जा चुकी है," लोमड़ी ने कहा, "इसका अर्थ है संबंध जोड़ना...।"

"संबंध जोड़ना ?"

"निश्चय ही," लोमड़ी ने कहा, "अभी तक मेरे लिए तुम केवल एक छोटे से बच्चे हो, एक लाख छोटे बच्चों जेसे। और मुझे तुम्हारी कोई ज़रूरत नहीं है, और न ही तुम्हें मेरी कोई ज़रूरत है। तुम्हारे लिए मैं केवल एक लोमड़ी हूँ, एक लाख लोमड़ियों जैसी, पर यदि तुम मुझे पालकर अपना लो, तो हमें एक दूसरे की ज़रूरत होगी। संसार में तुम मेरे लिए अद्वितीय होंगे और मैं तुम्हारे लिए..."

"हाँ, में कुछ-कुछ समझने लगा हूँ," छोटे राजकुमार ने कहा, "एक फूल है...मुझे ऐसा लगता है कि उसने मुझे अपना लिया है।"

"संभव है," लोमड़ी ने कहा, "पृथ्वी पर हर प्रकार की चीज़ें देखने में आती हैं...।"

"ओफ़ ओ ! वह पृथ्वी पर नहीं !" छोटे राजकुमार ने कहा।

लोमड़ी बड़े कौतूहल में पड़ी प्रतीत हुई।

"तो किसी और उपग्रह में ?"

"हाँ !"

"क्या उस उपग्रह पर शिकारी होते हैं ?"

"नहीं तो।"

"अच्छा, यह तो रोचक बात है ! और मुर्गियाँ ?"

"वे भी नहीं।"

"कुछ भी सारे गुणों से पूर्ण नहीं होता।" लोमड़ी ने आह भरी।

पर लोमड़ी फिर अपनी बात पर आ गई–

"मेरा जीवन एकरस हे। मैं मुर्ग़ियों का शिकार करती हूँ और मनुष्य मेरा शिकार करते हैं। सारी मुर्ग़ियाँ एक जैसी हैं, और सारे मनुष्य एक जैसे हैं। इसलिए मैं कुछ ऊब गई हूँ। पर यदि तुम मुझे अपना लो, तो मेरे जीवन में मानो सूरज चमक उठेगा। मुझे एक ऐसी पैरों की आहट सुनने में आएगी जो और सबसे भिन्न होगी, और पैरों की आहटें मुझे भूमि के नीचे घुस जाने पर मजबूर करती हैं। संगीत की

तरह तुम्हारे पैरों की आहट मुझे बिल से बाहर बुलाएगी और फिर ज़रा देखो, वहाँ गेहूँ के खेतों को देख रहे हो न तुम ! मैं तो रोटी खाती नहीं। गेहूँ मेरे लिए बेकार हैं। गेहूँ के खेत मुझे किसी भी चीज़ की याद नहीं दिलाते और यह दुःख की बात है, पर तुम्हारे बाल सुनहरे हैं। इसलिए जब तुम मुझे अपना लोगे, तो यह बहुत ही अद्भुत होगा। गेहूँ जो सुनहरे हैं मुझे तुम्हारी याद दिलाएँगे और गेहूँ के खेतों से आती पवन की आवाज़ मुझे बहुत अच्छी लगेगी...।"

लोमड़ी चुप हो गई और बहुत देर तक छोटे राजकुमार को देखती रही–

"अगर तुम्हारा मन करे, तो अपना लो न मुझे।" उसने कहा।

"में चाहता तो ," छोटे राजकुमार ने कहा, "पर मेरे पास बहुत समय नहीं। अभी मुझे मित्र खोजने हैं और बहुत-सी चीज़ों की जानकारी प्राप्त करनी है।"

"वही चीज़ें जानी जा सकती हैं, जिन्हें अपनाया जाता है," लोमड़ी ने कहा, "मनुष्यों के पास अब कुछ भी जानने का समय नहीं रहा। वे व्यापारियों के यहाँ से एकदम बनी-बनाई चीज़ें खरीदते हें, पर क्योंकि मित्रों के व्यापारी अब मिलते ही नहीं, इसलिए मनुष्यों के मित्र भी नहीं मिलते। यदि तुम्हें मित्र की कामना है, तो मुझे अपना लो।"

"इसके लिए करना क्या होगा ?" छोटे राजकुमार ने पूछा–

"बहुत धीरज रखना होगा," लोमड़ी ने उत्तर दिया, "पहले तो तुम मुझसे कुछ दूरी पर बैठोगे, ऐसे, घास पर। मैं तुम पर कटाक्षपात, करूँगी और तुम कुछ भी नहीं बोलोगे। भाषा ही सारे वैमनस्य की जड़ है, लेकिन दिन-प्रतिदिन तुम मेरे अधिक से अधिक पास बैठ सकोगे...।"

छोटा राजकुमार अगले रोज़ वापस लौटा।

"अच्छा होता कि तुम निश्चित समय पर ही लौटते," लोमड़ी ने कहा, "उदाहरण के लिए, अगर तुम तीसरे पहर चार बजे लौटते,

तो मैं तीन बजे से ही खुश होना शुरू कर देती। जैसे-जैसे समय आगे बढ़ता, मैं उतनी ही अधिक खुशी अनुभव करने लगती। ठीक चार बजने पर, में इधर-उधर मँडराने लगती और घबराहट में पड़ जाती, खुशी का मूल्य खोज निकालती, लेकिन यदि तुम समय निश्चित किए बिना यहाँ आते हो, तो कभी भी मुझे यह पता नहीं लग सकेगा कि मैं तुम्हारे आगमन के लिए अपने हृदय को किस समय सजाऊँ ... कुछ प्रथाएँ आवश्यक हैं।'

"प्रथा...क्या होती है ?" छोटे राजकुमार ने पूछा।

"यह बात भी बिल्कुल भूली जा चुकी है," लोमड़ी ने कहा, "यह वह चीज़ है, जो एक दिन को अन्य दिनों से, और एक घंटे को दूसरे घंटों से भिन्न बनाती है। उदाहरण के लिए, मेरे शिकारियों के यहाँ भी एक प्रथा निश्चित है, वे लोग बृहस्पतिवार को गाँव की लड़कियों के साथ नृत्य करते हैं। इसलिए बृहस्पतिवार अनोखा दिन होता है और मैं अंगूर की बेलों तक घूमने जाया करती हूँ। यदि शिकारी

अगर तुम चार बजे आने वाले हो, वो मैं तीन बजे से ही ख़ुश होने लगूंगा।

मनमाने समय नृत्य करें, तो सारे ही दिन एक से हो जाएँ और मुझे कभी छुट्टियाँ ही न मिलें।"

इस तरह छोटे राजकुमार ने लोमड़ी को अपना लिया और जब उसके प्रस्थान का समय पास आया।

"ओह !" लोमड़ी ने कहा, "मुझे रोना आ रहा हे।"

"इसमें तुम्हारा ही दोष है," छोटे राजकुमार ने कहा, "मैं नहीं चाहता था कि तुम्हें दुःख हो, पर तुम ही ने तो चाहा था कि में तुम्हें अपना लूँ...।"

"हाँ-हाँ !" लोमड़ी ने कहा।

"पर तुम रोने ही वाली हो।" छोटे राजकुमार ने कहा।

"हाँ-हाँ !" लोमड़ी ने कहा।

"तो इससे तुम्हें कुछ लाभ नहीं हुआ ?"

"मुझे लाभ हुआ, गेहूँ के रंग के कारण", लोमड़ी ने कहा, फिर उसने आगे कहा, "जाओ, तुम गुलाबों को फिर से देखने जाओ। तुम समझ जाओगे कि तुम्हारा गुलाब विश्व-भर में अनोखा है। तुम मुझसे विदा लेने आओगे, तब मैं उपहार में तुम्हें एक रहस्य बताऊँगी।"

छोटा राजकुमार गुलाबों को फिर से देखने के लिए भाग गया—

"तुम मेरे गुलाब से बिल्कुल नहीं मिलते-जुलते, तुम अभी तक कुछ भी नहीं हो," उसने उनसे कहा, "किसी भी व्यक्ति ने तुम्हें अपनाया नहीं है, न तुमने किसी को अपनाया है। तुम वैसे ही हो , जैसे मेरी लोमड़ी थी। वह केवल एक लोमड़ी ही थी, एक लाख दूसरी लोमड़ियों की तरह, पर मैंने उसे अपना मित्र बना लिया है और अब वह विश्व-भर में अनोखी है।"

गुलाब बहुत उलझन में पड़ गए।

उसने आगे कहा, "तुम बहुत सुंदर हो, पर तुम निस्सार हो। तुम्हारे लिए कोई मर नहीं सकता। निश्चय ही एक मामूली राहगीर सोच सकता है कि मेरा अपना गुलाब तुम से मिलता-जुलता है, पर वह अकेले ही तुम सबसे अधिक महत्वपूर्ण है, क्योंकि वह ही है

और नीचे घास पर गिर कर वह सिसकियां भरने लगा।

जिसे मैंने खुद सींचा है, क्योंकि एक वह ही है, जिसे मैंने गोले के नीचे रखा है, क्योंकि एक वह ही है, जिसे मैंने आड़ बनाकर हवा से बचाया है, क्योंकि एक वह ही है, जिसकी इल्लियों को (तितलियों के लिए दो या तीन को छोड़कर) मैंने मारा है, क्योंकि एक वह ही है, जिसको मैंने शिकायत करते, या अपनी डींग मारते या कभी-कभार चुप रहते सुना है, क्योंकि वह मेरा गुलाब है।"

और फिर वह लोमड़ी के पास लौटा—

"अलविदा !" उसने कहा।

"अलविदा !" लोमड़ी ने कहा, "मैं तुम्हें अपना रहस्य बताती हूँ। वह बहुत सादा है, केवल हृदय द्वारा ही भली-भाँति देखा जा सकता है, यानी उसका वजूद आँखों से नहीं देख सकता...।"

"सारतत्त्व आँखों के लिए अदृश्य है।" याद रखने के लिए छोटे राजकुमार ने दोहराया।

"अपने गुलाब के लिए जो समय तुमने गँवाया है, उसके कारण ही तुम्हारा गुलाब इतना महत्त्वपूर्ण हो गया है।"

"अपने गुलाब के लिए जो समय मैंने गँवाया है...।" याद रखने के लिए छोटे राजकुमार ने दोहराया। और घास में लेटा वह रोने लगा।

"मनुष्य इस सत्य को भूल गए हैं," लोमड़ी ने कहा, "पर तुम्हें इसे नहीं भुलाना चाहिए। जिसको तुमने अपना बना लिया है, उसके प्रति तुम सदा के लिए ज़िम्मेदार हो जाते हो। तुम अपने गुलाब के प्रति ज़िम्मेदार हो..."

"मैं अपने गुलाब के प्रति उत्तरदायी हूँ..." याद रखने के लिए छोटे राजकुमार ने दोहराया।

बाईस

"नमस्ते !" छोटे राजकुमार ने कहा।

"नमस्ते !" रेलवे के कैंची बदलने वाले ने कहा।

"तुम यहाँ क्या करते हो?" छोटे राजकुमार ने पूछा।

"मैं यात्रियों को हज़ार-हज़ार के समूह में छाँटता हूँ।" कैंचीवाले ने उत्तर दिया, "मैं रेलगाड़ियों को भेजता हूँ, जो उन्हें ले जाती हैं, कभी दाहिनी ओर और कभी बाईं ओर।"

और चमकती हुई और बिजली की तरह गजरती हुई तेज़ रेलगाड़ी ने कैंचीवाले के कैबिन को कँपा दिया।

"इन लोगों को बहुत जल्दी पड़ी है।" छोटे राजकुमार ने कहा, "ये लोग ढूँढ़ते क्या हैं ?"

"इंजन चलाने वाले आदमी को भी इसका पता नहीं।" कैंची वाले ने कहा।

और एक दूसरी चमकदार तेज़ गाड़ी विपरीत दिशा में गरजती हुई निकल गई।

"अरे, ये लोग लौट भी आए?" छोटे राजकुमार ने पूछा।

"ये वही लोग थोड़ी हैं," कैंचीवाले ने कहा, "अदला-बदली हो रही है।"

"ये लोग जहाँ थे, वहाँ पर संतुष्ट नहीं थे क्या ?"

"लोग जहाँ होते हैं, वहाँ कभी संतुष्ट नहीं रहते।" कैंचीवाले ने कहा।

और तभी तीसरी चमकदार तेज़ गाड़ी गरजती हुई वहाँ से निकली।

"ये क्या पहले वाले यात्रियों का पीछा कर रहे हैं ?" छोटे राजकुमार ने पूछा।

"ये किसी का पीछा-वीछा नहीं करते," कैंचीवाले ने उत्तर दिया, "या तो ये वहाँ सोते हैं, या फिर उबासी लेते हैं। केवल बच्चे शीशों से अपनी नाक सटाए हुए हैं।"

"केवल बच्चे जानते हैं कि उन्हें किसकी खोज है," छोटे राजकुमार ने कहा, "वे चिथड़ों की गुड़िया के लिए समय लगाते हैं, और वह उनके लिए बहुत महत्त्वपूर्ण हो जाती है और यदि कोई उसे उनसे छीन ले तो वे रोने लगते हें...।"

"वे बहुत भाग्यशाली हें।" कैंचीवाले ने कहा।

तेईस

"नमस्ते !" छोटे राजकुमार ने कहा।

"नमस्ते !" व्यापारी ने भी कहा।

यह प्यास बुझाने वाली उत्कृष्ट गोलियों का व्यापारी था। प्रति सप्ताह एक गोली खा लेने से फिर कभी पानी पीने की आवश्यकता नहीं होती।

"तुम ये गोलियाँ क्यों बेचते हो?" छोटे राजकुमार ने पूछा।

"इनसे समय की बड़ी भारी बचत होती है," व्यापारी ने उत्तर दिया, "विशेषज्ञों ने हिसाब लगाया है। प्रति सप्ताह तिरपन मिनटों की बचत होती है इनसे।"

"तो इन तिरपन मिनटों का लोग करते क्या हैं ?"

"जो जैसा चाहता है, वैसा करता है ...।"

"अगर मेरे पास तिरपन मिनट बिताने को होते," छोटे राजकुमार ने सोचा, "तो मैं धीरे-धीरे एक जलाशय की ओर चल पड़ता ...।"

चौबीस

मरुस्थल में मेरे हवाई जहाज़ को बिगड़े हुए आज आठवाँ दिन था और पानी की अपनी रसद के आख़िरी घूँट को पीते हुए मैंने व्यापारी की कथा सुनी थी–

"आह !" मैंने छोटे राजकुमार से कहा, "तेरी यादें बहुत मनोरंजक हैं, पर मैंने अभी तक अपने हवाई जहाज़ की मरम्मत नहीं की है; और मेरे पास अब आगे पीने का पानी भी नहीं है; और यदि मैं भी धीरे-धीरे एक जलाशय की ओर चल सकता, तो मुझे बहुत खुशी होती !"

"मेरी मित्र लोमड़ी !" उसने मुझसे कहा।

"मेरे प्यारे बच्चे, अब लोमड़ी का सवाल ही नहीं उठता।"

"वह क्यों ?"

"क्योंकि हम प्यास से मर जाएँगे...।"

वह मेरे तर्क को नहीं समझा और उसने मुझे उत्तर दिया–

"यदि मरना ही है, तो अच्छा है कि मित्र तो हो। मैं तो लोमड़ी को मित्र के रूप में पाकर बहुत संतुष्ट हूँ।"

"वह ख़तरे की गम्भीरता को नहीं समझ रहा है," मैंने अपने आप से कहा, "उसको न कभी भूख लगती है, न प्यास। थोड़ी-सी धूप उसके लिए पर्याप्त है...।"

पर उसने मुझे देखा और मेरे विचार के उत्तर में उसने कहा, "मुझे भी प्यास लगी है...। चलो, कोई कुआँ ढूँढ़ें...।"

मेरी मुद्रा अनुत्साह की थी।

"इस विशाल मरुस्थल में केवल संयोग के आधार पर कुआँ ढूँढ़ना बिल्कुल बेतुका है।" फिर भी हमने चलना शुरू कर दिया।

घंटों चुपचाप चलते रहने के बाद रात हो गई और सितारे चमकने लगे। अपनी प्यास के कारण मुझे थोड़ा बुखार हो गया था, तभी मानो स्वप्न में मैंने उन्हें देखा। छोटे राजकुमार के शब्द मेरे स्मृतिपटल पर नृत्य कर रहे थे–

"तो ,तुझे भी प्यास लगी है ?" मैंने उससे पूछा। पर उसने मेरे प्रश्नों का उत्तर नहीं दिया। उसने केवल इतना कहा–

"पानी हृदय के लिए भी अच्छा हो सकता है...।"

मैं उसका उत्तर समझ नहीं पाया, पर चुप रहा...। मैं अच्छी तरह जानता था कि उससे प्रश्न नहीं पूछना चाहिए।

वह थका हुआ था। बैठ गया। में भी उसके पास बैठ गया; और थोड़ी देर चुप रहने के बाद उसने एक बार फिर कहा–

"तारे सुंदर हैं, एक फूल के कारण, जिसे हम देख नहीं सकते...।"

"निश्चय ही..." मैंने उत्तर में कहा, और बिना बोले, चाँदनी रात में बालू की लहरियाँ देखने लगा।

"मरुस्थल भी सुंदर है।" उसने जोड़ा।

और यह सच था। मरुस्थल मुझे सदा से पसंद है। बालू के टीले पर बैठ जाने पर और कुछ नहीं दिखता, न कुछ सुनाई देता है, फिर भी मौन में कोई चीज़ झिलमिलाती रहती है।

"जो चीज़ मरुस्थल को सुंदर बनाती है, वह यह है कि उसमें कहीं-न-कहीं कोई कुआँ छिपा रहता है ...।" छोटे राजकुमार ने कहा।

बालू की इस रहस्यात्मक जगमगाहट को अचानक समझ लेने पर मुझे बहुत आश्चर्य हुआ। जब मैं छोटा-सा लड़का था, तो मैं एक पुराने मकान में रहा करता था और कहानी यह प्रचलित थी कि वहाँ पर एक खज़ाना गड़ा हुआ था। स्पष्ट है कि कोई भी उसे खोजने

का ढंग न जान सका, न ही शायद किसी ने इसका प्रयत्न ही किया, पर वह उस सारे घर को प्रलोभित किए हुए था। मेरा मकान अपने अन्तरमन में एक रहस्य छिपाए था...

"हाँ," मैंने छोटे राजकुमार से कहा, "बात चाहे मकान की हो, या तारों की या मरुस्थल की, जो कुछ उन्हें सुंदर बनाता है वह अदृश्य होता है !"

"मैं संतुष्ट हूँ," उसने कहा, "कि तुम मेरी लोमड़ी से सहमत हो।"

क्योंकि छोटा राजकुमार सो गया था, मैंने उसे अपनी बाहों में ले लिया और चल पड़ा। मैं गद्गद था। मुझे ऐसा लगा मानों मैं कोई नाजुक ख़ज़ाना उठाए हुए हूँ, बल्कि मुझे यह भी लगा कि सारी पृथ्वी पर इससे अधिक नाजुक कुछ था ही नहीं। चाँद की रोशनी में मैंने देखा, उसके पीले माथे को, उसकी बंद आँखों को और उसके घुँघराले बालों को, जो हवा में इधर-उधर डोल रहे थे; और मैंने मन ही मन में कहा–

"यह सब जो मैं देख रहा हूँ, केवल बाहरी आवरण है, इसका सार तो अदृश्य है...।"

क्योंकि उसके अधखुले होंठ हल्की मुस्कान की मुद्रा बनाए थे, तो मैंने आगे सोचा, "सोए हुए इस छोटे राजकुमार की जो बात मेरे मन को इतना अधिक भाव-विभोर कर रही है, वह है, एक फूल के लिए उसकी निष्ठा सोए रहने पर भी गुलाब की प्रतिकृति उसमें इस प्रकार झिलमिला रही है, जैसे दीपक की ज्योति...और वह मुझे पहले से भी अधिक नाजुक लगने लगा। दीपकों को तो भली भाँति बचाकर रखना ही चाहिए, हवा का एक झोंका भी उन्हें बुझा सकता है।...और इस प्रकार चलते-चलते एक दिन भोर होते ही मैंने एक कुआँ देखा।

वह हँसा। उसने रस्सा हाथ में लिया और पानी खींचने के लिए पुली से सर-सर करके कुएं में छोड़ा।

पच्चीस

"लोग," छोटे राजकुमार ने कहा, "तेज़ गाड़ियों में ठसा-ठस भर जाते हैं, पर वे वह बिल्कुल नहीं जानते कि वे चाहते क्या हैं। नतीजा यह कि वे बहुत हाथ-पैर मारते रहते हैं और इधर-उधर चक्कर काटते रहते हैं..."

और उसने आगे कहा–

"इसकी कोई ज़रूरत नहीं...।"

जिस कुएँ तक हम पहुँचे थे, वह 'सहारा' के कुओं से मिलता-जुलता नहीं था। 'सहारा' के कुएँ बालू में खुदे साधारण छेद होते हैं; और यह कुआँ गाँव के कुएँ जैसा था, पर वहाँ कोई गाँव नहीं था और मुझे ऐसा लगा, मानो मैं स्वप्न देख रहा था।

"अजीब बात है," मैंने छोटे राजकुमार से कहा, "सब कुछ तैयार है, चरखी, बालटी और रस्सी ...।"

वह हँसा, उसने रस्सी को छुआ और चरख़ी को नचाया; और चरख़ी कराही, जैसे पुराना वातसूचक कराहता है, जबकि बहुत समय तक हवा सोई रहती है।

"तुमने सुना," छोटे राजकुमार ने कहा, "हम इस कुएँ को जगा रहे हैं और वह गा रहा है...।"

मैं नहीं चाहता था कि वह परिश्रम करे–

"मुझे करने दो," मैंने उससे कहा, "यह तुम्हारे लिए बहुत भारी है।"

धीरे-धीरे मैंने बालटी को जगत तक ऊँचा किया और वहाँ उसे सीधा करके जमा दिया। चरख़ी का गाना मेरे कानों में गूँज रहा था और पानी में, जो अभी भी हिल रहा था, मैं सूर्य के प्रतिबिम्ब को हिलते-डुलते देख रहा था।

"मुझे इस पानी की ही प्यास है," छोटे राजकुमार ने कहा, "मुझे पीने को पानी दे दो...।"

और मैं समझ गया कि वह क्या ढूँढ़ रहा था !

मैंने बालटी उसके होठों तक उठाई; और उसने आँखें बन्द किए पानी पिया। यह मधुर था, उत्सव की तरह। यह पानी किसी भी वस्तु से बिल्कुल भिन्न कोई अन्य पदार्थ था। तारों के प्रकाश में चलने से, चरख़ी के गाने से और मेरी भुजाओं के परिश्रम से उसका जन्म हुआ था। किसी उपहार के समान वह हृदय के लिए अच्छा था। जब में छोटा-सा लड़का था, तो क्रिसमस ट्री की रौनक अर्धरात्रि के 'मास' का संगीत और मुस्कानों की मधुरता, इसी प्रकार उन उपहारों के उल्लास की पुष्टि करते थे, जो क्रिसमस पर मुझे मिलते थे।

"तुम्हारे यहाँ के लोग एक ही बग़ीचे में पाँच हज़ार गुलाब के फूल लगाते हैं...पर उनमें भी उन्हें वह नहीं मिल पाता, जो वे खोजते हैं..."

"हाँ, उन्हें वह नहीं मिलता।" मैंने उत्तर दिया।

"हालाँकि जो वे खोजते हैं, उसे एक ही गुलाब के फूल में अथवा थोड़े से पानी में ही पाया जा सकता हे..."

"निश्चय ही !" मैंने उत्तर में कहा।

और छोटे राजकुमार ने आगे कहा–

"पर आँखें तो अंधी होती हैं। खोज दिल से करनी चाहिए।" मैं पानी पी चुका था। और ठीक से साँस ले रहा था। भोर होने पर बालू शहद के रंग की होती है। मैं इस शहद के रंग से भी खुश था; और फिर यह क्या ज़रूरी था कि मुझे दुःख हो...।

"तुम्हें अपना वचन पूरा करना होगा," धीरे से छोटे राजकुमार

ने मुझसे कहा। वह फिर से मेरे पास आ बैठा था।

"कैसा वचन ?"

"तुम्हें पता तो है ... मेरे मेमने के लिए थूथना...मैं उस फूल के प्रति ज़िम्मेदार हूँ।"

मैंने रेखाचित्र जेब से निकाले। छोटे राजकुमार ने उन्हें देखा और हँसते हुए कहा–

"तुम्हारा गोरक्षी वृक्ष कुछ-कुछ बंदगोभी से मिलता जुलता है।"

"ओह !"

और मुझे गोरक्षी पर इतना गर्व था।

"तुम्हारी लोमड़ी...उसके कान...वे तो थोड़ा सींगों से मिलते-जुलते हैं, वे ज़रा ज़्यादा ही लम्बे हैं !'

और वह फिर हँस पड़ा।

"यह तेरी ज़्यादती है। मेरे प्यारे बच्चे, तू जानता तो है कि बंद अजगरों और खुले अजगरों के चित्र के सिवा मैं कुछ भी तो बनाना नहीं जानता था !"

"ओ हो ! काम तो चल ही जाएगा," उसने कहा, "बच्चे सब समझ जाएँगे।"

तब मैंने पेंसिल से थूथना बना दिया, पर इसे देने में मेरा दिल मसोस रहा था।

"क्या तेरी ऐसी योजनाएँ हैं, जिनका मुझे पता नहीं ...?"

पर उसने उत्तर नहीं दिया, केवल इतना कहा–

"तुम्हें पता है, पृथ्वी पर मेरा अवतरण ...? कल उसकी वर्षगाँठ होगी।"

फिर कुछ चुप रहने के बाद उसने कहा–

"मैं यहाँ से बहुत समीप ही उतरा था...।"

और उसका चेहरा लाल हो गया।

और एक बार फिर न जाने क्यों मुझे अजीब-सी उदासी होने लगी, फिर भी मैंने एक प्रश्न किया–

"तो, यह अचानक नहीं था कि आठ दिन पहले, जिस सुबह तुझसे मेरी भेंट हुई थी, तू सभी बस्तियों से हज़ारों मील दूर, ऐसे ही अकेले घूम रहे थे। तू अपने अवतरण के बिंदु की ओर लौट रहे थे ? क्यों?"

छोटे राजकुमार का चेहरा और लाल हो गया।

और हिचकते हुए मैंने आगे कहा–

"कदाचित् वर्षगांठ के कारण...?"

छोटे राजकुमार का चेहरा फिर से लाल हो गया। वह प्रश्नों का उत्तर कभी न देता, पर जब चेहरा लाल हो जाता है, तो उसका अर्थ 'हाँ' होता है, क्या यह ठीक नहीं है ?

"ओह !" मैंने उससे कहा, "मुझे डर लग रहा हे...।"

पर उसने उत्तर में कहा–

"अब तुम्हें काम करना चाहिए। तुम अपनी मशीन की ओर लौट जाओ। मैं यहाँ पर तुम्हारी प्रतीक्षा करता हूँ। तुम यहाँ कल शाम को आ जाना...।"

पर मुझे इतमिनान नहीं हो रहा था। मुझे लोमड़ी की याद आ गई। अगर कोई अपने आपको अपनाए जाने देता है, तो उसे रोने का ख़तरा तो उठाना ही पड़ता है।

छब्बीस

कुएँ की बग़ल में पत्थर की पुरानी दीवार का एक खंडहर था। अगले दिन शाम को, जब मैं अपना काम करके लौटा, तो मैंने दूर से अपने छोटे राजकुमार को वहाँ ऊँचाई पर टाँगें लटकाए हुए बैठे देखा और मैंने उसे यह कहते सुना–

"तो तुझे यह याद नहीं ?" उसने कहा, "यह ठीक यहाँ नहीं है !"

निस्संदेह एक दूसरी आवाज़ ने उसे उत्तर दिया, क्योंकि उसने कहा–"हाँ-हाँ, दिन तो ठीक वही है, पर यह जगह वह नहीं...।"

मैं दीवार की ओर चलता रहा, पर न तो मैंने किसी को देखा न किसी की आवाज़ ही सुनी, फिर भी छोटे राजकुमार ने एक बार और कहा–

"निश्चय ही। तुम देखोगे कि बालू में मेरा चिह्न कहाँ से आरम्भ होता है। तुम बस वहीं पर मेरी प्रतीक्षा करना। आज रात मैं वहाँ होऊँगा।"

मैं दीवार से बीस मीटर दूर था, पर मुझे कुछ भी नहीं दिखाई दिया।

कुछ देर चुप रहने के बाद छोटे राजकुमार ने फिर कहा–

"तेरा ज़हर अच्छा है न ? यह पक्का है न कि तू मुझे बहुत देर तक नहीं तड़पाएगा ?"

दिल मसोस कर मैं जहाँ का तहाँ रुक गया, पर मेरी समझ में

कुछ भी तो नहीं आया।

"अब तू चला जा," उसने कहा, "मैं फिर से नीचे उतरना चाहता हूँ...।"

तभी मैंने भी दीवार के नीचे की ओर आँखें झुकाईं और में एकदम उछल पड़ा ! वह वहाँ था, छोटे राजकुमार की ओर तना हुआ, उन पीले साँपों में से एक, जो तीस सेकेंड के अंदर ही आदमी की जान ले लेते हैं। रिवाल्वर निकालने के लिए अपनी जेब टटोलते हुए मैंने दौड़ की चाल अपनाई, पर इस तरह मेरे शब्द करने पर समाप्त होती हुई पानी की फुहार की तरह साँप ने अपने को बालू में छिपा लिया, और अपने को ज्यादा हड़बड़ाए बिना, वह धातु की हल्की-सी आवाज़ करते हुए, पत्थरों के बीच खो गया।

बरफ़ की तरह फीके चेहरेवाले अपने प्यारे छोटे राजकुमार को गोद में ले लेने के लिए मैं दीवार के पास बिल्कुल ठीक समय पर पहुँचा।

"यह सब क्या किस्सा है ? अब तू साँपों से भी बातें करने लगे !" मैंने उसका सदा का सुनहरा गुलूबंद खोल दिया, उसकी कनपटियों को भिगोया और उसने पानी पिलाया; और तब मुझे उससे और आगे प्रश्न करने की हिम्मत न हुई। उसने बड़ी गंभीरता से मुझे देखा और अपनी बाँहें मेरे गले में लपेट दीं। मुझे उसके दिल की धड़कन, बंदूक का शिकार हुए किसी मरते हुए पक्षी की जैसी महसूस हुई। उसने मुझसे कहा–

"मुझे संतोष है कि तुम्हें अपनी मोटर के लिए जिस चीज़ की आवश्यकता थी, वह मिल गई। तुम अपने घर लोट सकोगे...।"

"तुम्हें कैसे पता ?"

मैं उसे यही बताने के लिए तो आया था कि आशा न होने पर भी मैं अपने काम में सफल हो गया था।

उसने मेरे प्रश्न का कोई उत्तर नहीं दिया, पर उसने कहा–

"मैं भी आज अपने घर लौटूँगा...।"

अब तुम जाओ... ! मुझे दीवार से नीचे उतरना है।

फिर, बड़ी उदासी से उसने कहा–

"वह कहीं ज़्यादा दूर है,... कहीं ज़्यादा कठिन है।"

मुझे भली-भाँति आभास हो रहा था कि कोई अनोखी घटना घट रही थी। मैं उसे एक छोटे बच्चे की तरह अपनी बाँहों में दबाए हुए था, फिर भी मुझे ऐसा प्रतीत हो रहा था कि वह सीधे किसी गहरी खाई की ओर फिसलता जा रहा था और उसको पकड़े रखने के लिए मैं कुछ भी नहीं कर पा रहा था...।

उसकी दृष्टि गंभीर थी, कहीं बहुत दूर खोई हुई–

"मेरे पास तुम्हारा मेमना है; और मेमने के लिए बक्सा है; और थूथना भी है...।"

और बहुत उदासी से वह मुस्कुराया।

मैं बहुत समय तक प्रतीक्षा करता रहा। मुझे लगा कि वह धीरे-धीरे गरमा रहा था–

"प्यारे बच्चे, तुझे डर लगा था न...?"

स्पष्ट है कि वह डरा हुआ था, पर वह धीरे से हँसा–

"आज शाम को तो और भी डर लगेगा मुझे ...।"

एक बार फिर, कुछ भी न सुधार सकने की भावना के कारप मैं अपने तन-मन को ठंडा पड़ते महसूस कर रहा था, और मैं समझ गया कि इस हँसी को फिर कभी न सुन पाने के विचार को मैं नहीं सह सकूँगा। वह मेरे लिए वैसी ही थी, जैसे मरुभूमि में कोई जलाशय हो।

"प्यारे बच्चे, मैं एक बार फिर तुझे हँसते सुनना चाहता हूँ...।" पर उसने मुझसे कहा–

"आज रात एक साल पूरा हो जाएगा। मेरा तारा उस स्थान के ठीक ऊपर होगा, जहाँ मैं पिछले साल उतरा था ...।"

"प्यारे बच्चे, सच कह दे कि इस साँप की, उससे मिलने की और तारे की, यह सारी कहानी एक बुरा सपना है...।" पर उसने मेरे प्रश्न का कोई उत्तर नहीं दिया। उसने मुझसे कहा, "जो कुछ महत्त्वपूर्ण

है, वह दिखाई नहीं देता..."

"निश्चय ही..."

"यह वैसा ही है, जैसे फूल के लिए। यदि तुम किसी फूल को चाहते हो जो किसी तारे में हो, तो रात को, आकाश को निहारना प्रिय लगता है। सारे तारे फूलों की तरह खिले होते हैं।"

"निश्चय ही..."

"यह वैसा ही है, जैसा पानी के लिए। जो पानी तुमने मुझे पीने के लिए दिया था, वह संगीत की तरह था, चरख्री और रस्सी के कारण... तुम्हें याद है न...वह बहुत अच्छा था।"

"निश्चय ही..."

"रात को तुम तारों को निहारोगे। मेरा घर इतना छोटा है कि मैं यह नहीं दिखा सकता कि मेरा तारा कहाँ स्थित है। इसी में अच्छाई भी है। मेरा तारा, इन तारों में से एक होगा। तभी तो, तुम सारे ही तारों को निहारना चाहोगे...वे सारे-के-सारे तुम्हारे मित्र होंगे। अब मे तुम्हें एक उपहार देने वाला हूँ...।"

और वह फिर हँस पड़ा।

"आह, आह, मेरे प्यारे बच्चे, प्यारे बच्चे, मुझे यह हँसी कितनी अच्छी लगती है।"

"ठीक यही तो मेरा उपहार है...ठीक उस पानी की तरह ही...।"

"तेरे कहने का मतलब ?"

"लोगों के तारे होते हैं, पर वे सबके लिए एक समान नहीं होते। कुछ लोगों के लिए, जो यात्रा करते हैं, तारे पथप्रदर्शक होते हैं। दूसरों के लिए वे छोटी-छोटी रोशनियों के अतिरिक्त और कुछ नहीं होते। औरों के लिए, जो विद्वान् हैं, वे समस्याएँ हैं। मेरे व्यापारी के लिए वे सोने के थे। पर ये सारे के सारे तारे चुप रहते हैं। तुम, तुम्हारे तारे ऐसे होंगे जेसे किसी के नहीं..."

"तू कहना क्या चाहता है ?"

"जब रात को तुम आकाश को देखोगे, क्योंकि मैं उन तारों में

से एक में रहता होऊँगा, क्योंकि मैं उनमें से एक में हँसता होऊँगा, तो यह तुम्हारे लिए ऐसा होगा, मानो सारे के सारे तारे हँस रहे हों। तुम्हारे पास ऐसे तारे होंगे, जो हँसना जानते हैं !"

और वह फिर हँस पड़ा।

"ओर जब तुम्हें कुछ धीरज आ जाएगा (सबको धीरज तो हमेशा आ ही जाता है।) तो मुझ से परिचय हो जाने पर तुम्हें हर्ष होगा। तुम सदैव मेरे मित्र रहोगे। तुम मेरे साथ हँसना चाहोगे और कभी-कभार ऐसे ही तुम अपनी खिड़की खोलोगे, केवल आनंद लेने के लिए...; और तुम्हें आकाश को निहारते हुए हँसता देखकर तुम्हारे मित्र बहुत चकित होंगे। तो तुम उनसे कहोगे, 'हाँ, इन तारों के निहारने से मुझे हमेशा हँसी आती है'। और वे तुम्हें पागल समझेंगे। मैंने तुम्हारे साथ बुरी चाल चली है ...।"

और वह फिर हँस पड़ा।

"यह ऐसा होगा, मानो मैंने तुम्हें तारों की जगह इतने सारे छोटे घुंघरू दे दिए हों, जो हँसना जानते हैं...।"

और एक बार फिर वह हँस पड़ा, पर तुरंत ही गंभीर हो गया–

"आज रात को...जानते हो...तुम मत आना।"

"में तुझे छोड़कर जाऊँगा ही नहीं।"

"ऐसा लगेगा, मानो मुझे पीड़ा हो रही हो। कुछ ऐसा भी लगेगा, जैसे मैं मर रहा होऊँ। बस, ऐसा ही है। यह देखने मत आना, इसकी कोई ज़रूरत नहीं...।"

"में तुझे छोड़कर जाऊँगा ही नहीं।"

पर वह चिंता में डूबा था।

"मैं तुमसे यह सब कह रहा हूँ...वह सौंप के कारण भी है। ऐसा न हो कि वह तुम्हें डस ले...सौंप दुष्ट होते हैं। अपने मज़े के लिए ही वे डस सकते हैं...।"

"मैं तुझे छोड़कर नहीं जाऊँगा।"

पर किसी बात ने उसे विश्वास से भर दिया था।

"हाँ, यह तो सच है कि दूसरे दंश के लिए उनके पास और जहर नहीं रहता...।"

उस रात को मैंने उसे रास्ता पकड़ते हुए नहीं देखा। बिना शोर किए ही वह बच निकला था। जब मैं उसके पास पहुँचने में सफल हुआ, तो वह दृढ़ता के साथ बहुत तेजी से चला जा रहा था। उसने मुझसे केवल इतना ही कहा–

"अरे, तुम यहाँ...।"

उसने मेरा हाथ पकड़ लिया। पर वेदना सहित कहा–

"तुमने ग़लती की है। तुम्हें तकलीफ़ होगी। मैं मरा हुआ-सा दिखूँगा, पर यह सच नहीं होगा ...।"

मैं मौन साधे हुए था।

"तुम समझते हो न ! वह बहुत दूर है। इस शरीर को मैं वहाँ नहीं ले जा सकता। यह बहुत भारी है।"

मैं मौन साधे रहा।

"मगर यह तो एक पुरानी त्यागी हुई खाल के समान होगा। पुरानी खाल को देखकर दुःख नहीं होता... !"

मैं चुप ही रहा।

वह कुछ हताश हुआ, फिर थोड़ा-सा प्रयास करते हुए उसने कहा–

"तुम्हें पता है, यह बहुत अच्छा रहेगा। मैं भी तारों को निहारा करूँगा। सारे के सारे सितारे जंग लगी चरखी-वाले कुएँ होंगे। सारे ही तारे मेरे पीने के लिए पानी ढालेंगे...।"

मैं चुप रहा।

"यह इतना मनोरंजक होगा। तुम्हारे पास पचास करोड़ घुँघरू होंगे, और मेरे पास पचास करोड़ जलाशय ...।"

और फिर वह भी चुप हो गया, क्योंकि वह रोने लगा था...।

"वह वहाँ है। मुझे अकेले ही एक पग बढ़ने दो।"

और फिर वह बैठ गया, क्योंकि उसे डर लग रहा था।

उसने आगे कहा–

"तुम जानते हो न...मेरे फूल की कली को...मैं, उसके प्रति जिम्मेदार हूँ ! और वह इतनी दुर्बल है ! और वह इतनी भोली है ! दुनिया से अपनी रक्षा करने के लिए उसके पास बस चार नगण्य काँटे ही हैं...।"

मैं भी बेठ गया, क्योंकि मैं अब बिल्कुल खड़ा नहीं रह पा रहा था। उसने कहा–

"बस, ... यही सारी कथा है ...।"

वह थोड़ा-सा हिचकिचाया, फिर उठ खड़ा हुआ। उसने एक पग बढ़ाया। मैं बिल्कुल न हिल पाया।

उसके टख़ने के पास केवल एक पीली कौंध की झलक ही हुई। क्षण-भर के लिए वह निश्चल खड़ा रहा। वह चिल्लाया नहीं, और धीरे से गिर गया, जैसे एक वृक्ष गिरता है। बालू के कारण कोई आवाज़ तक न हुई।

सत्ताईस

और अब स्पष्ट है कि इस बात को छः साल हो चुके हैं...। मैंने यह कहानी अभी तक नहीं कही थी। जिन साथियों ने मुझे फिर से देखा, उन्हें मुझे ज़िंदा देखने पर निस्संदेह बहुत हर्ष हुआ। मैं उदास था, पर उनसे मैं यही कहता कि ऐसा थकान की वजह से है...।

अब मैंने थोड़ा धीरज धरा है, अर्थात् पूरी तरह नहीं, पर मैं भली भाँति जानता हूँ कि वह अपने ग्रह में लौट गया है, क्योंकि भोर होने पर मुझे उसका शव नहीं मिला। वह कोई इतना भारी शरीर तो था नहीं...और रात को तारों को सुनना मुझे प्रिय है। मानो वे पचास करोड़ घुँघरुओं की तरह हों...।

पर अब कुछ अनोखी घटना घटी है। छोटे राजकुमार के लिए मैंने जिस थूथने का चित्र बनाया था, उसमें मैं चमड़े के तस्मे लगाना तो भूल ही गया था। वह उस मुखबंध को भेड़ के मुँह पर कभी भी न लगा सका होगा, इसलिए मैं सोचता हूँ, "उसके ग्रह में कैसे बीती होगी ? सम्भव है कि मेमने ने फूल की कली को खा लिया हो...।"

फिर मैं सोचता हूँ, "नहीं, ऐसा कभी नहीं हो सकता। रोज़ रात को छोटा राजकुमार अपनी फूल की कली को काँच के गोले के नीचे रखता है और अपने मेमने की अच्छी तरह निगरानी करता है...।" तब मैं खुश हो जाता हूँ। सारे के सारे तारे धीरे से हँस पड़ते हैं।

वह नीचे ऐसे गिरा, जैसे कोई पेड़ आहिस्ता-आहिस्ता ज़मीन पर ढह गया हो, बिना किसी आवाज़ के।

कभी में चिंताग्रस्त हो होता हूँ, क्योंकि कभी-कभार बेध्यानी तो हो ही जाती है और बस यह काफ़ी है। एक शाम यदि वह काँच के अपने गोले को भूल गया हो अथवा बिना शब्द किए मेमना रात में बाहर आ गया हो तो...।" तो फिर सारे घुँघरू आँसुओं में बदल जाते हैं।...

यही तो एक विशेष रहस्य है। छोटे राजकुमार को चाहनेवाले तुम लोगों के लिए, जैसे मेरे लिए, विश्व में कुछ भी एक जैसा नहीं रह सकता, यदि हमको यह पता न लगे कि न जाने किस जगह में, एक मेमने ने जिसे हम नहीं जानते, गुलाब के फूल की कली को खाया या नहीं... !"

आकाश को निहारो और सोचो, क्या मेमने ने फूल की कली को खाया या नहीं ? और तुम जान जाओगे कि इसके उत्तर से कैसे सब कुछ बदल जाता है... !

और कोई भी प्रोढ़ व्यक्ति कभी भी यह नहीं समझ पाएगा कि इसका कितना महत्त्व है।

मेरे लिए यह विश्व का सबसे सुंदर और सबसे दुःखद दृश्य है। यह दृश्य वही है, जो पिछले पृष्ठ पर है, पर आप लोगों को अच्छी तरह समझाने के लिए इस चित्र को मैंने एक बार फिर बनाया है। यही है वह जगह, जहाँ छोटा राजकुमार पृथ्वी पर प्रकट हुआ था और फिर लुप्त हो गया था।

इस दृश्य को ध्यान से देखिए, ताकि यदि एक दिन आप अफ्रीका की मरुभूमि की यात्रा करें, तो आप उसे निस्संदेह पहचान सकें, और यदि आप वहाँ से गुज़रें, तो मेरी प्रार्थना है कि आप जल्दी न करें और इस तारे के ठीक नीचे थोड़ा रुकें; और यदि कोई बालक आपके पास आए, और हँसे, और यदि उसके बाल सुनहरे हों; और कुछ पूछने पर वह कोई उत्तर न दे, तो आप भली-भाँति जान जाएँगे कि वह कौन है।...तो फिर मुझ पर उपकार कीजिए, मुझे इतना उदास न रहने दीजिए, जल्दी ही मुझे लिखिए कि वह लौट आया है... !

•••